MARKUS GERWINSKI

Maskenball
Das Verwunschene Land 1

DAS VERWUNSCHENE LAND

EINE UNIVERSELLE
FANTASY-ROLLENSPIEL-REIHE
VON MARKUS GERWINSKI

BAND 1: MASKENBALL

EDITION BARTH

Bibliografische Information der Deutschen Nationalbibliothek: Die Deutsche Nationalbibliothek verzeichnet diese Publikation in der Deutschen Nationalbibliografie; detaillierte bibliografische Daten sind im Internet über dnb.dnb.de abrufbar.

Mit Unterstützung von Antiquariat Barth, Berlin – https://www.die-hesepak.de

Herstellung und Verlag: BoD – Books on Demand, Norderstedt
ISBN: 978-3-7528-6246-1

Besonderer Dank an Elsa Franke für kurzfristige Zuarbeit in letzter Minute. Außerdem an Sandra Gerwinski und an Brigitta für unermüdliche Unterstützung während des ganzen Projekts.

Für Markus „Jetzt nicht lachen!" Luft.
Es waren verdammt tolle Zeiten!

Inhaltsverzeichnis

Einleitung

Alkron: Eine unbedeutende, kleine Grafschaft im Grenzland. Nach Osten hin mit der Zivilisation verbunden über den gerade eben schiffbaren Flusslauf der Filde; nach Westen hin begrenzt durch undurchdringliche Wälder. Ein Lehen, kaum der Erwähnung wert ... wäre da nicht auf dem Gebiet der Grafschaft das Verwunschene Land.

Dies ist der Rahmen für das Rollenspielszenario, das du gerade in Händen hältst. *Maskenball* stellt euch ein universell nutzbares Abenteuer zur Verfügung, das daraufhin ausgelegt ist, mit unterschiedlichen Rollenspielsystemen bespielt zu werden. Werte von Spielfiguren, Anweisungen für Würfelproben usw. sind nach den Regeln der Systeme HEROEN und MIDGARD angegeben; grundsätzlich aber lässt sich dieses Szenario an beliebige Mittelalter-Fantasy-Regelwerke anpassen.

Maskenball stellt den Einstieg in den Zyklus um *Das Verwunschene Land* dar. Das Szenario kann für sich allein gespielt werden, aber auch als Anfang einer längeren Kampagne, die sich nach und nach in den weiteren Bänden der Reihe entspinnen wird. Zahllose Geheimnisse ruhen im Verwunschenen Land, deren Kenntnis allein dem Spielleiter vorbehalten ist. Wenn du also beabsichtigst, dieses Abenteuer als Spieler zu erleben, dann hör auf zu lesen. Jetzt.

Wenn du vorhast, als Spielleiter dieses Abenteuer zu leiten: Viel Spaß bei der nachfolgenden Lektüre!

Was ist das Verwunschene Land?

Die Geschichte dieses Szenarios beginnt etliche Jahrhunderte vor der Zeit, zu der die Spieler die Bühne betreten. Heute gehört das Gebiet der Grafschaft Alkron fest zu den Ländern der Menschen, doch damals war es Teil des großen elbischen Reiches von Adally. Die Macht dieses Reiches aber gründete auf Magie.

Mit Zauberkünsten, die seither in Vergessenheit geraten sind, füllten die Elben von Adally ihre Vorratskammern und Tafeln mit Früchten, die ihnen die Natur bereitwillig schenkte, und Wild, das im Überfluss in den verzauberten Hainen umherzog. Erze und Edelsteine gelangten aus den Tiefen der Erde empor, ohne sie mit Bergwerken auszuhöhlen. So schwelgte eine kleine Bevölkerung von Elben im Wohlstand eines blühenden Landes. Um aber diesen Reichtum vor den Begehrlichkeiten anderer Völker zu schützen, ersannen die Adallians Kampfzauber von nie gekannter Macht.

Herz der Verteidigung ihres Landes war ein Netz von Festungen, den *Alxes*, in deren Gewölben mächtige Elementarkreaturen ruhten. Mit dem Angriff auf eine Alx würde der Feind das Siegel brechen, das diese Wesenheiten in ihrem magischen Schlaf hielt, sodass sie freigesetzt würden. Auch hatten sich die Elben die Möglichkeit offengehalten, willkürlich ein Siegel zu brechen und die beschworenen Wesen auf ihre Feinde zu hetzen. Nie in der Geschichte von Adally wurden diese Bestien geweckt – bis auf einmal.

Doch auch die gewöhnlichen Streitkräfte der Elben waren mit außergewöhnlich mächtigen Artefakten ausgestattet: Schwerter, Schilde, Bögen, Rüstungen, aber auch Hilfsmittel wie magisches Zaumzeug für Streitrösser oder magische Schuhe zum Ersteigen spiegelglatter Felsen. Zauberstäbe vermochten die Umgebung in Bannfeuer zur Abwehr von Geistern und Untoten zu baden. Festungen waren von verzauberten Labyrinthen umgeben, die nur mithilfe von Wegfindungskristallen durchschritten werden konnten.

Allen diesen Artefakten gemeinsam war ein Schutzsiegel, das verhindern sollte, dass die Träger ihre Magie gegeneinander wirkten: Kein Elb sollte in der Hitze des Gefechts aus Versehen mit seiner Magie die eigenen Kameraden fällen. Das mächtige elbische Flammenschwert erlosch angesichts des elbischen Schildes, der Elbenbogen verweigerte den Schuss auf den Träger eines Elbenrapiers.

Über Jahrhunderte hinweg dominierten die Elben von Adally die Nachbarschaft ihres Reiches. Gelegentlich intervenierten sie in den Konflikten ihrer Nachbarländer und meist genügte schon eine kleine Schar von Adallians, bewaffnet mit ihren mächtigen Artefakten, um einen Feind vom weiteren Vormarsch abzuschrecken – oder aber schnell in die Knie zu zwingen. Nie in ihrem langen Leben hatten die Elben damit gerechnet, dass es jemals zu einem Angriff auf ihr eigenes Land käme: Dass der Ruf der Alxes nicht ewig genügen würde, um

Feinde von ihren Grenzen fernzuhalten.

Doch dieser Tag kam. Er begann damit, dass die umliegenden Länder der Menschen, Zwerge und Orks in einen großen, umfassenden Krieg untereinander schlitterten. Von Bündnispflichten hineingezogen, kämpften auch die Elben von Adally bald darin mit und erstmals in der langen Geschichte des Reiches waren kleine Trupps von elbischen Kämpfern nicht mehr genug; erstmals mussten sie große Heere aufstellen – und erstmals griffen die Kämpfe über auf ihr eigenes Land.

Um die Magie der elbischen Waffen zu überwinden, beschworen die Zauberer der feindlichen Heere Scharen von Geistern und Dämonen. Das Kämpfen näherte sich bedrohlich einer der magischen Festungen, der *Alx Brogon* – bis es den äußeren Schutzwall überschritt und somit das Siegel brach, das die in den Gewölben schlummernden Mächte dort festhielt.

Die folgenden Stunden beendeten den Krieg. Drachen brachen aus der Alx hervor und überzogen die Schlachtfelder mit Feuer. Basilisken schwärmten aus und versteinerten alles Leben, das ihnen begegnete. Unter den Schwingen von Greifen fegten Stürme über das Land und unscheinbare Teiche überschwemmten große Flächen, als Hydren darin eintauchten. Vor allem aber tobten wild und ungezügelt die Reste der Magie umher, die alle diese Kreaturen in Schlaf gehalten hatte, vermischten sich mit der Magie der feindlichen Dämonen und riefen willkürliche Verwandlungen hervor. Gewöhnliche Tiere und sogar Pflanzen mutierten zu grotesken Ungeheuern.

Dies war das Ende des Reiches von Adally. Das Umland der Alx Brogon wurde zu dem, was in heutigen Zeiten als das Verwunschene Land bekannt ist: Ein Tal, abgeschnitten und gemieden von der restlichen Welt, bevölkert von einer Vielfalt an Geistern, Dämonen und Mutanten ... aber auch voll von uralten Schätzen, Artefakten der vergessenen Elbenmagie und mächtigen Zaubern.

Seither verging Zeit genug, um das Geschehen zu vergessen. Reiche kamen und gingen und die meisten Herrscher begnügten sich damit, das Verwunschene Land abzuschotten und seine Grenzen streng zu bewachen. Immer wieder wagten sich Abenteurer und Schatzsucher in dieses Land hinein; die wenigsten gelangten wieder heraus.

In den vergangenen zwei Jahrhunderten jedoch ist es, unbemerkt von der restlichen Welt, einer Handvoll Eindringlinge gelungen, mit der Zähmung dieses gefährlichen Landstriches zu beginnen. Und so ist das Verwunschene Land in der Gegenwart des Spiels der Austragungsort eines stillen, vor den Augen der Welt verborgenen Machtkampfes.

Die Mächtigen

Es begann mit einigen Schatzsuchern, denen es gelang, Waffen der Adallians in die Hände zu bekommen und ihre Zauberkraft zu nutzen. Plötzlich stand jedem von ihnen die Macht zu Gebote, eine große Übermacht von gewöhnlich bewaffneten Feinden mit Leichtigkeit zu besiegen. Gegeneinander aber konnten sie diese Macht wegen des Schutzsiegels nicht richten: Im Kampf untereinander entschieden weiterhin nur die eigenen Fähigkeiten.

Auf diese Weise hat sich im Verwunschenen Land eine kleine Oberschicht von einstigen Abenteurern herausgebildet, die sich die „Mächtigen" nennen. Jeder Mächtige beansprucht einen Teil des Verwunschenen Landes als seine Domäne. Seine Macht gründet auf einem oder mehreren Adallian-Artefakten in

Der Druide

seinem Besitz. Manche Mächtige haben gewöhnliche Menschen unter ihrem Schutz versammelt und regieren sie als ihre Untertanen; andere herrschen über ein menschenleeres Stück Land, ein Höhlensystem oder sogar einen Fluss und die darin wohnenden Geister und Mutanten. Es hat sich eingebürgert, dass die Mächtigen bei der Übernahme ihrer Domänen ihre Namen ablegen und stattdessen nur noch unter einem Titel in Erscheinung treten, der symbolisch ihre Magie oder die Natur ihrer Domäne widerspiegelt: Etwa „der Reiter", „die Töpferin" oder „der Fährmann".

Doch längst nicht das ganze Verwunschene Land ist auf diese Weise befriedet. Weite Teile sind immer noch Niemandsland, eine Wildnis aus mutierten Pflanzen, durchstreift von den Ungeheuern und Geistern des lang vergangenen Krieges. Verwilderte Zauber aus jener Zeit halten unkontrolliert ganze Gebiete in ihrem Bann und verwandeln ein harmloses Stück Wiese oder einen kleinen Hügel in magische Labyrinthe, deren Überquerung – obgleich sie selten auch nur eine Meile messen – ganze Tagesmärsche erfordert. Andererseits eröffnen geheime Passagen kurze Wege zwischen Stellen, die in der gewöhnlichen Welt mehrere Meilen auseinander liegen. Das Verwunschene Land bildet einen in sich verdrehten und verzerrten Mikrokosmos, der noch bei weitem nicht zur Gänze erforscht ist.

Die Töpferin

Dieses Niemandsland und seine Bewohner, ja, die ganze Natur des Verwunschenen Landes stellen eine gemeinsame Bedrohung dar, der gegenüber die Mächtigen zähneknirschend einen fragilen Frieden halten. Wenn auch viele von ihnen danach trachten, mehr Adallian-Artefakte in ihren Besitz zu bringen und ihre Domänen auszuweiten, so stellen doch offene gegenseitige Angriffe ein weitgehendes Tabu dar. Die Mehrheit der Mächtigen ist froh über jeden „Mitstreiter", der ein Stück dieser Wildnis aus chaotisch wuchernder Magie zu zähmen vermag. So hält man, allen Feindseligkeiten zum Trotz, als verschworene Gemeinschaft zusammen, attackiert einander nur mit Nadelstichen und versucht, die Außenwelt fernzuhalten. Wen es ins Verwunschene Land verschlägt, den lassen die Mächtigen meist nicht wieder hinaus; und wenn doch, dann nur unter magischen Eiden des Schweigens. Kein Wort über die Macht, um die sie dort ringen, soll nach draußen dringen.

Dennoch lassen sich die Grenzen dieses Landes nicht völlig dicht halten. Seit kurzem beteiligen sich am Machtspiel im Verwunschenen Land auch Parteien von außerhalb: Geheime Priesterorden, Spione vereinzelter Adliger und Desperados, die von den Mächtigen im Verwunschenen Land selbst angeheuert wurden, haben die Isolation dieses Landstrichs durchbrochen. Bislang sind die Verbindungen zur Außenwelt dünn; doch wer weiß, was die Zukunft bringt?

Die Hexe

Das schlummernde Verhängnis

Außerhalb des Verwunschenen Landes ist vom Vermächtnis des Reiches Adally nicht viel geblieben. Angesichts der Vernichtung, die aus der Alx Brogon über das ganze Gebiet hereinbrach, entschlossen sich die Elben, die übrigen Alxes zu schließen und die Elementarwesen zurück in ihre eigene Sphäre zu schicken. Es war ihre letzte Tat, ehe sich die Überlebenden des Krieges aus ihrem einstmals großen Reich zurückzogen und in anderen Elbenvölkern aufgingen. Nur einige Ortsnamen, die mit „Al-" beginnen, künden heute noch von der einstigen Bedeutung dieser Festungen.

Eine Alx jedoch blieb dieser vorausschauenden Maßnahme entzogen, da sie sich zu dicht am Gebiet der Verheerung befand, umgeben von feindlichen Armeen und außer Reichweite der Adallians selbst: Die Alx Goron … heute bekannt unter dem Namen Alkron. Burg Alkron ist rings um eine Alx herum errichtet, in deren Gewölben unverändert Greifen, Hydren, Basilisken und Drachen ruhen, in Schlaf gehalten vom letzten intakten Siegel des Reiches Adally. Die abgeschiedene (und wegen der Nähe zum Verwunschenen Land unattraktive) Lage der Burg verhinderte in den vergangenen Jahrhunderten, dass sich irgendein Kriegsherr die Mühe machte, sie zu bestürmen. Doch sollte Burg Alkron jemals angegriffen werden, so würde das letzte Siegel von Adally gebrochen und ein Schwarm von mächtigen Elementarwesen freigesetzt – genau wie vor Jahrhunderten beim Fall der Alx Brogon.

Graf Aendbur, der aktuelle Lehnsherr von Alkron, kennt dieses Geheimnis und spielt den Unwissenden. Nach außen hin ist er nichts weiter als der Herrscher eines ärmlichen Flecken Landes, mit dem seine Familie eher gestraft ist als belohnt. Er gilt als gutmütig und bescheiden, kaum mehr als ein phantasieloser Verwalter für seine Handvoll Dörfer und die Festungen am Rand des Verwunschenen Landes. Insgeheim jedoch führt er ein Doppelleben und beteiligt sich als einer der tonangebenden Mächtigen am Ränkespiel im Verwunschenen Land: Hier tritt er stets nur mit Maske in Erscheinung und ist unter der Bezeichnung „Der Magier" bekannt.

Aendbur weiß um die Gefahr, die in den Kellern seiner Burg schlummert, und sucht fieberhaft nach Wegen, die alte Magie von Adally in den Griff zu bekommen, ehe ein dummer Zufall eine Katastrophe auslöst. Sein erklärtes Ziel ist es, den Zauber der Alx Goron unschädlich zu machen. So lässt er im Verwunschenen Land seine Schergen das Land durchstreifen auf der Suche nach Wissen um die alte Zauberkunst der Adallians.

Möglicherweise kommt ihm eine Gruppe von Abenteurern, die frisch und unvoreingenommen in die Ränke des Verwunschenen Landes stolpert, gerade recht.

Der Magier

Einbettung in die Spielwelt

Wie genau die Welt rund um Alkron und das Verwunschene Land aussieht, ist dank der Abgeschiedenheit der Grafschaft für das Szenario weitgehend irrelevant. Die umliegenden Reiche, die Politik der Spielwelt etc. haben wenig bis keinen Einfluss auf Aendburs Queste und das Ränkespiel um das Erbe von Adally. Inwiefern derlei überhaupt für euer Spiel von Bedeutung ist, liegt allein an euch selbst.

Wenn es allerdings Bedeutung gewinnt, lässt sich eine Einbindung in eine bestehende Spielwelt leicht herstellen. In der Welt von HEROEN bietet sich eine Lage im Südwesten des Reiches Salgour an, als Exklave südwestlich der Ruinen von Rubanacum. Auf MIDGARD könnte Alkron in Alba angesiedelt sein, östlich des Waldes von Tureliand. Doch auch in jeder anderen Spielwelt im Genre der Mittelalter-Fantasy sollte sich irgendwo eine geeignete Stelle finden lassen. Damit ihr ohne wesentliche Änderungen mit den Ortsangaben und Karten in den Büchern dieser Reihe spielen könnt, müssen nur die folgenden Bedingungen erfüllt sein:

- Alkron liegt abgeschieden in einer dünn besiedelten Gegend der Spielwelt.

- Westlich der Grafschaft befindet sich ein großer (vorzugsweise von Magie geschützter) Wald, den Menschen normalerweise nicht betreten.

- Nach Osten hin gibt es genug Platz, um in die Spielwelt den relativ unscheinbaren Flusslauf der Filde einzufügen, die als Wasserstraße den wichtigsten Verkehrsweg aus Alkron heraus bzw. nach Alkron herein darstellt.

Sofern ihr also Wert darauf legt, die Ereignisse rund um das Verwunschene Land in das größere Weltgeschehen eurer Spielwelt einzubetten: Sucht euch anhand dieser Kriterien eine geeignete Stelle und viel Spaß!

Hinweise zum Lesen dieses Buches

Es wird vorausgesetzt, dass du als Rollenspieler mit gängigen Begriffen und Abkürzungen wie Spieler-Charakter (SC), Nicht-Spieler-Charakter (NSC) und Spielleiter (SL) vertraut bist. Das Abenteuer ist in nummerierte *Szenen* aufgeteilt, die mit einer kurzen Zusammenfassung der Ausgangslage beginnen; danach folgen jeweils Handlungsanweisungen und Hintergrundinformationen für dich als Spielleiter. Am Ende jeder Szene findest du eine Nachbetrachtung, in der du je nach bisherigem Handlungsverlauf zu den nächsten Szenen verwiesen wirst, bei denen es sinnvoll weitergehen kann.

Wird im Text ein Begriff in ↑*dieser Form* eingeführt, dann handelt es sich dabei um einen Verweis auf den Anhang. Ausführliche Beschreibungen von Personen und Kreaturen findest du in Anhang A, Orte in Anhang B und Objekte in Anhang C.

Und nun: Auf nach Alkron!

Kapitel 1

Dunkle Gassen und Hinterzimmer

Die Spielhandlung beginnt in der schläfrigen, kleinen Stadt Alkron, noch rund drei Tagesmärsche vom Verwunschenen Land entfernt – eine Entfernung, die von den Einwohnern der Stadt und auch von den meisten Reisenden als sicher angesehen wird. Und doch werden die Spielercharaktere hier erstmals dem Sog der Ereignisse ausgesetzt, die außer Sicht der Welt über ungeheure magische Macht entscheiden. Ob die SCs ohnehin schon hier leben, zufällig als Reisende hierhergelangen oder sogar eigens wegen sonderbarer Vorgänge von einem Freund zu Hilfe gerufen wurden (vgl. Szene 5): In diesem Kapitel öffnet sich ihnen erstmals das Tor zu jener verborgenen, kleinen Welt im Westen.

Übersicht

Da die SCs zu Beginn des Spiels noch nichts über das Verwunschene Land und seine Auswirkungen auf Alkron wissen, liegt die Initiative naturgemäß bei einigen NSCs. Was geschieht, bevor die Spieler auf den Plan treten, ist Folgendes:

Zu Besuch in der Stadt weilt ↑*Gondalor*, ein junger und ehrgeiziger Priester, dem ein elbisches ↑*Duellrapier* in die Hände gefallen ist. Er verfügt über ein gefährliches Halbwissen in Bezug auf die Elben von Adally und hat sich damit an Graf ↑*Aendbur von Alkron* gewandt, um „gemeinsam den Schatz an elbischen Artefakten im Verwunschenen Land zu bergen". Eine ehrliche Partnerschaft hatte er dabei nie im Sinn; von Anfang an beabsichtigte er, den vermeintlich so einfältigen Grafen dieses hinterwäldlerischen Lehens zu übervorteilen.

17

Aendbur erkannte in dem skrupellosen jungen Mann eine gefährliche undichte Stelle in dem Mantel des Schweigens, den die Mächtigen um das Verwunschene Land gewoben haben. Gondalor gegenüber spielte er den etwas begriffsstutzigen Unwissenden und täuschte vor, das Angebot zu überdenken; in seiner geheimen Identität als „der Magier" jedoch verständigte er eine andere Mächtige, „die Hexe", dass ein junger Narr im Begriff sei, die Geheimnisse des Landes dem Grafen zu offenbaren. Diese schickte daraufhin Nachricht zu ihrem Spion in Alkron, ↑Radbur, dem dritten Sohn von Graf Aendbur und Hauptmann der Stadtwache. Radbur erhielt den Auftrag, Gondalor aus dem Verkehr zu ziehen.

Im Verlauf dieses Kapitels wird Radbur daher Gondalor ermorden und das Rapier an sich nehmen. Anstatt es aber der Hexe zu schicken, wird er es in einer geheimen Kammer auf Burg Alkron verstecken, um es für sich zu behalten. Das Rapier dort herauszuholen, wird die eigentliche Queste für die SCs in Kapitel 2 sein.

Aus Sicht der Spieler ist Kapitel 1 weniger auf Spannung oder Action ausgelegt, sondern dient in erster Linie dazu, die Spieler in den Fluss der Handlung zu bringen. Die Szenen in diesem Kapitel müssen nicht alle stattfinden, sondern können mit den Spielern einzeln oder in Gruppen durchgespielt werden, um sie jeweils an die Geschehnisse der Haupthandlung heranzuführen. Am Ende des Kapitels sollen folgende Voraussetzungen geschaffen sein:

- Die Gruppe soll zusammengeführt sein (sofern die SCs nicht von vornherein eine Gruppe bilden).

- Die SCs sollen einen Grund haben, während des Maskenballs in Burg Alkron einzudringen und nach dem Elbenrapier zu suchen (vgl. Kapitel 2).

Vorgeschichten der SCs

Wie ausführlich Kapitel 1 ausgespielt werden muss, ehe die Haupthandlung von *Maskenball* beginnen kann, hängt stark davon ab, aus welcher Situation heraus die SCs in die Ereignisse gelangen. Am einfachsten ist es, wenn die SCs von vornherein schon eine Gruppe bilden und einer von ihnen bereits mit dem Gelehrten ↑Esligar in Kontakt stand; in diesem Fall kann es nach der Anreise (Szene 1) sofort weitergehen mit Szene 5, bei der es sich dann um ein klassisches „Treffen mit dem Auftraggeber" handelt. Alle übrigen Szenen dieses Kapitels könnt ihr dann außer Acht lassen.

Wenn die Gruppe zuvor zusammengeführt werden muss, verkompliziert das zwar das Spiel; es bietet aber auch die Möglichkeit, die SCs schrittweise dem Geheimnis um das Elbenrapier näherzubringen und so das Szenario atmosphärisch zu verdichten. Die folgenden Einstiege für einzelne Spieler sind denkbar:

- Einer der SCs **muss** auf jeden Fall vorher mit Esligar bekannt sein. Baue diesem Spieler gegenüber Esligar als Freund und Vertrauensperson auf. Im Optimalfall wird der SC von sich aus Rat bei Esligar suchen, sobald er mehr über den Mord an Gondalor erfährt. Ansonsten ist er die Kontaktperson, an die sich Esligar wendet, um die Gruppe zu engagieren.

  Dieses Rollendetail bietet sich für SCs an, die schon vor Beginn des Szenarios in Alkron wohnen. Sollten alle SCs aus der Fremde anreisen, dann bietet es sich für einen Gelehrten oder Zauberer an, der Esligar von früher kennt und mit ihm in Briefkontakt steht.

- Ein SC kann von Gondalors Orden ausgeschickt worden sein, um den eigenmächtigen Priester aufzuspüren und auszukundschaften, was er vorhat. Dieses Detail bietet sich für einen Priester oder Paladin in der Gruppe an. Findet sich kein solcher unter den SCs, dann wurde dieser Charakter von der Priesterschaft gegen Lohn angeworben und führt die Verfolgung als Auftrag aus.

  Der Orden weiß nichts von dem Elbenrapier. Der Verfolger wird lediglich ausgeschickt, um Gondalor zu beschatten und herauszufinden, warum er nach Alkron gereist ist.

- Ein adliger SC kann als Gast zum Maskenball auf Burg Alkron eingeladen sein.

- Ein Barde, Troubadour o. ä. kann als Musikant für den Maskenball engagiert worden sein. Weitere SCs können mit Händlern befreundet sein, die Essen oder Dekor für den Ball anliefern, oder (sofern sie über entsprechende Berufsfertigkeiten verfügen) selbst als Lieferanten in Erscheinung treten.

Im Übrigen gilt der übliche Ansatz, bestehende Beziehungen der SCs untereinander nach Kräften zu nutzen, um über den einen Charakter den anderen gleich mit ins Abenteuer hineinzuziehen.

Szene 1: Ankunft in Alkron

Nach einem öden letzten Reisetag kommt endlich Alkron in Sicht. Unter gleichförmigem Klappern der Hufe auf dem Treidelpfad schleicht eure Barke den Wasserlauf der Filde hinauf. Den ganzen Tag über hat sich kaum eine Menschenseele am Ufer blicken lassen, das Flusstal war ein gerupfter Grashang voller Stechginster. Die Sonne steht schon tief am Nachmittagsgold des Himmels, als eine große Anzahl Rauchfahnen flussaufwärts eine nahe Siedlung ankündigt.

Wenig später schiebt sich Alkron hinter der nächsten Flussbiegung hervor. Als erstes fällt die wuchtige Silhouette der Burg ins Auge, die sich auf einem Plateau oberhalb der Stadt erhebt. Sie wirkt fast schon übertrieben groß, gemessen an der recht überschaubaren Ansammlung von Gebäuden zwischen dem steilen Hang des Plateaus und dem Ufer der Filde, die sich in einem weiten Mäander um den Ort herumzieht. Das Wirrwarr aus Strohdächern lässt ein dicht gedrängtes Labyrinth von Häusern und Hütten ahnen, größer als ein gewöhnliches Dorf, aber bei weitem noch keine Metropole. Es gibt keine geschlossene Stadtmauer, nur ein paar Brustwehren und Wachhäuser an strategischen Punkten – wie etwa dem Landungssteg, dem sich eure Treidelbarke nun nähert.

Kurz darauf lösen die Fuhrleute die Leinen des Gespanns und Knechte an Bord staken das Boot an einen freien Platz zwischen dem halben Dutzend Barken, die bereits an dem hölzernen Steg festgemacht haben. Rufen und Stimmengewirr, Fußgetrappel auf Planken, das Gedränge und die Geräusche einer Menschenmenge umfangen euch. Es riecht nach Rauch, Fett und Fisch und die krächzende Stimme einer alten Frau preist gegrillte Forellen an. Eilig rechnet euer Fuhrmann mit euch den noch ausstehenden Preis für die Passage ab, ehe er sich dem wartenden Hafenmeister zuwendet. Von der Ankunft in Alkron trennt euch nur noch der eine Schritt vom Boot auf den Steg.

Diese Szene bietet sich als Einstieg für alle Charaktere an, die vor Beginn des Abenteuers von außerhalb anreisen. Zum Zweck der Gruppenzusammenführung kannst du die SCs bereits vorher „zufällig" mit derselben Barke reisen lassen, sodass sie sich unterwegs kennenlernen. Lass die Spieler in diesem Fall etwas freies Charakterspiel während der Bootsfahrt betreiben, bevor du die oben beschriebene Ankunft schilderst.

Ein weiterer Sammelpunkt, an dem sich SCs begegnen können, ist die alte Straßenhändlerin mit den gegrillten Forellen; es wäre nicht ungewöhnlich, wenn die SCs nach der Anreise Hunger hätten und sich dort einen Imbiss gönnen, bevor es in die eigentliche Stadt hineingeht. Je nachdem können sie hier auch Charakteren begegnen, die sich vorher schon in der Stadt befinden.

Sollte von sich aus kein Gespräch zustande kommen, dann kann sich am Grillstand ein Zwischenfall ereignen, der die SCs zum gemeinsamen Handeln

animiert; z. B. dass ein betrunkener Flussschiffer versehentlich den Grill um-
tritt, sodass ein (kleines) Feuer ausbricht. Es lässt sich schnell und spektakulär
auf magischem Wege löschen (HEROEN: Zauber EIS, MIDGARD: *Eisiger Nebel*)
oder als Kampfszene. Wer beherzt mit einer Decke auf die Flammen einschlägt,
sich einen Eimer schnappt o. ä., bekämpft das Feuer als Gegner mit folgenden
Werten:

- HEROEN: St=2, Gw=3, Ad=4; Handgemenge=1; Schaden=3 (*Feuer*);
  unbeweglich; erleidet durch Decke oder Eimer Wasser Schaden=3, durch
  nasse Decke Schaden=4.

- MIDGARD: Grad 1, LP –, AP 10, RK=OR, RW 01, HGW –, B 0; Angriff:
  Flammen +4 (1W6–1); Abwehr +11; erleidet durch Decke oder Eimer
  Wasser 1W6–1 Schaden, durch nasse Decke 1W6+1.

Nach spätestens 3 Kampfrunden greifen auch umstehende NSCs ein und helfen,
das Feuer zu ersticken.

Szene 1 wird in den meisten Fällen die Szene sein, mit der ihr das Abenteuer
beginnt. Es kann jedoch auch eine andere Reihenfolge dramaturgisch sinnvoll
sein, falls sich mindestens einer der SCs schon vorher in Alkron aufhält und
Gelegenheit hat, den Mord an Gondalor zu beobachten. *In diesem Fall beginne
das Abenteuer mit Szene 4* und blende erst danach über zu Szene 1, um die
Ankunft der noch fehlenden Gruppenmitglieder durchzuspielen.

Nachbetrachtung

▷ Sind einer oder mehrere SCs auf Esligars Einladung hin nach Alkron
gereist, dann werden sie in dessen Haus als Übernachtungsgäste erwartet.
Weiter in **Szene 2**.

▷ Wenn der mit Esligar befreundete SC in Alkron wohnt und bereits mit den
anderen SCs Freundschaft geschlossen hat, wird sich die Gruppe an dieser Stelle höchstwahrscheinlich noch einmal aufteilen: Der Einheimische
ist bei Esligar zum Abendessen eingeladen, die Neuankömmlinge werden
voraussichtlich nach einer Herberge suchen. (Falls die Spieler nicht von
sich darauf kommen, frage als SL danach, ob und wie sie vereinbaren, in
Kontakt zu bleiben.) Die Erzählperspektive bleibt in diesem Fall zunächst
bei den Neuankömmlingen; weiter in **Szene 3**.

Szene 2: In Esligars Haus

Nach einigem Herumfragen gelangt ihr zu einem ansehnlichen Stadthaus, gelegen in einer breiteren Gasse am Fuß des Burghügels. Die reich beschnitzte Pforte ziert ein wuchtiger, bronzener Türklopfer in Form eines Adlerkopfes.

Wenn die SCs klopfen, öffnet Esligars Haushälterin ↑*Trude*, eine rundliche, kleine Frau mittleren Alters in Arbeitskittel und Schürze. Sofern sie den (oder die) Besucher bereits persönlich kennt, wird sie ihn freundlich begrüßen und hereinbitten („Der Herr erwartet Euch bereits"); anderenfalls fragt sie nach Name und Begehr. Fällt der Name des von Esligar eingeladenen SCs, dann wird sie nicken und ihn hereinbitten; begleiten ihn schon andere SCs, dann fragt sie zuvor nach deren Namen.

Noch während sie eintreten, kommt die Treppe des Vorraums ein Bär von einem Mann herab: Die blaugraue Robe des Gelehrten spannt sich stramm über breite Schultern und einen leichten Bauchansatz (Siehe Anhang A, ↑*Esligar*). Ergrauende, dunkle Mähne und ein Vollbart umgeben ein herzliches Lachen, mit dem er in tiefer, polternder Stimme die Ankömmlinge begrüßt. Einem SC von höchstens durchschnittlicher Stärke (HEROEN: bis St=3, MIDGARD: bis St 60) knickt unter seinem Schulterklopfen der Arm weg. Er geleitet die SCs ins ebenerdig gelegene Speisezimmer und scheucht seine Haushälterin in die Küche, Getränke und Erfrischungen zu holen – allerdings nicht, ohne „Bitte" zu sagen.

Sind die Besucher eigens nach Alkron angereist, dann erkundigt er sich, wie die Reise war. Handelt es sich um Freunde aus der Stadt, dann fragt er einfach, ob es etwas Neues gibt und wie es ihnen ergangen ist.

Die weitere Szene dient lediglich zur Einstimmung. Wenn die Spieler (und du) Interesse an Charakterspiel zeigen, schlüpfe in Esligars Rolle und betreibe etwas Konversation mit deinen Gästen. Esligar wird dabei irgendwann auf sein Lieblingsthema zu sprechen kommen: Die Geschichte und die mystischen Rätsel von Alkron. An dieser Stelle kannst du unterbringen, dass Esligar seit kurzem Hinweise auf eine magische Präsenz in der Stadt hat, deren Stärke ihn beunruhigt. (Er wird auf jeden Fall darauf zu sprechen kommen, wenn die SCs auf seine Einladung hin nach Alkron angereist sind und ihn nach den Gründen fragen.) Falls die Gruppe noch getrennt unterwegs ist, kann Esligar bei dieser Gelegenheit seinen Gast auch nach „vertrauenswürdigen und diskreten Freunden" fragen, die ihm vielleicht „bei einer kleinen Angelegenheit behilflich sind".

Möchtet ihr kein ausgiebiges Charakterspiel betreiben, sondern zügig im Plot vorankommen, dann bring die Information von der magischen Präsenz in indirekter Rede unter, lass Esligar ggf. nach den „Freunden" fragen und fasse das Gespräch ansonsten mit einem „Ihr plaudert noch ein wenig" zusammen.

Nachbetrachtung

▷ Wenn die Gruppe als Ganze angekommen ist und bereits fest und vertrauensvoll zusammenhält, wird Esligar schon beim Abendessen zur Sache kommen und die Angelegenheit um das Artefakt besprechen. In diesem Fall geht es weiter mit **Szene 5**.

▷ Wenn noch Gruppenmitglieder fehlen, wird Esligar seinen Gast bzw. seine Gäste nach dem herzlichen Willkommen erst einmal in Ruhe ankommen und ausruhen lassen: Trude zeigt das Gästezimmer und bereitet ein Bad usw. In diesem Fall wird zu den anderen SCs übergeblendet und es geht weiter mit **Szene 3**.

Szene 3: Herbergssuche

Sobald ihr den Flusshafen verlasst, legt sich der Trubel und Alkron zeigt sich als Stadt von beinahe bedrückender Ruhe. Selbst auf den Hauptstraßen sind kaum mehr als ein paar verstreute Fußgänger, ein Fuhrwerk oder ein Reiter zu sehen. In den engen und verwinkelten Nebenstraßen versickert die Menge fast gänzlich. Nur ein allgemeines, dumpfes Hintergrundgeräusch von fernen Schritten, Stimmen, Hufklappern und dem Hämmern einer Werkstatt erinnert daran, dass dieses Häuserlabyrinth von Menschen nur so wimmelt.

Mittlerweile verdunkelt sich der Himmel. Graue Wolken und einsetzender Nieselregen versprechen eine pechschwarze Nacht. Die letzten Tagelöhner hasten von der Arbeit nach Hause, gelegentlich klappt knarzend ein Fensterladen zu. Im Dämmerschein sehen die Gassen überall gleich aus und ein paarmal irrt ihr im Kreis, ehe ihr endlich vor der Herberge anlangt, von der sie euch im Hafen erzählt haben – doch die Fenster sind dunkel und die Tür geschlossen. Ein verlassenes Baugerüst an der Seite des Gebäudes verrät den Grund. Was nun?

Diese Szene dient lediglich als Überleitung, um nach einem Einstieg mit Szene 1 die nötigen Voraussetzungen für Szene 4 zu schaffen. Die beteiligten SCs sollten sich am Ende nachts unter freiem Himmel aufhalten, um Zeugen des Mordes an Gondalor zu werden.

Wie es ab hier weitergeht, hängt stark von den Ideen ab, mit denen die SCs die unangenehme Situation zu bewältigen gedenken. Noch ist es nicht zu spät, um z. B. einen Passanten nach dem Weg zu einer anderen Herberge zu fragen. Auch wird es nicht mehr lange dauern, bis der Nachtwächter Torold seine Runden aufnimmt und anfängt, die Zeit auszurufen. Es kann sein, dass die SCs zu ihm zu gelangen versuchen, um ihn um Rat zu fragen; genausogut kann es sein, dass sie ihm auszuweichen versuchen, da sie als nächtliche Spaziergänger Ärger befürchten. So oder so werden sie durch die dunklen Gassen von Alkron irren und am Ende wahrscheinlich keine Ahnung haben, wo sie sich befinden.

Auch kann es sein, dass sie gezielt nach Anhaltspunkten Ausschau halten, um ein halbwegs gemütliches Quartier unter freiem Himmel zu finden. Bei HE-ROEN erfordert dies die Kenntnis ⊠ Stadt und 1 Erfolg auf EW(Überleben):Am, bei MIDGARD einen erfolgreich absolvierten EW:*Gassenwissen*. In diesem Fall finden sie ein einigermaßen trockenes und windgeschütztes Fleckchen, z. B. unter der Plane eines noch beladenen Heukarrens. Besitzt mindestens einer der SCs ein Pferd, dann kannst du sie auch einen Stall finden lassen, in dem sie wenigstens die Pferde unterstellen können. Der Besitzer würde sie dann ggf. gegen eine kleine Gebühr auf dem Heuboden übernachten lassen.

Ob die SCs es sich gemütlich gemacht haben oder noch durch die nächtlichen Gassen irren: So oder so geht es danach weiter mit **Szene 4**.

Szene 4: Der Mord

Mittlerweile herrscht völlige Dunkelheit. Es hat sich eingeregnet und ein sanftes Rauschen liegt über der Stille. Hin und wieder ertönt von Ferne die Meldung des Stadtwächters. „Es ist die zweite Stunde der Nacht! Alles in Ordnung!", hat er gerade gerufen, als gemächlicher Hufschlag auf Kopfsteinpflaster und leise Stimmen euch aufschrecken lassen. Kurz darauf kriecht der fahle Licht- schimmer einer Laterne in die Gasse hinein und die Silhouetten dreier Reiter kommen in Sicht.

Vorbedingungen: Damit die SCs diese Szene erleben können, müssen sie sich mitten in der Nacht in einer einsamen Nebenstraße von Alkron aufhalten, möglichst unter freiem Himmel. Dies kann z. B. durch die Vorbereitungen in Szene 3 zustande kommen, wenn etwa die SCs vor der verschlossenen Herberge standen und sich auf der Suche nach einer anderen Unterkunft verirrt haben. Wenn ein SC aus Alkron stammt, gibt es außerdem folgende Möglichkeiten:

Er kann als obdachloser Bettler auf der Straße schlafen; er kann nach einem Besuch in der Taverne oder bei Freunden den Heimweg antreten; oder er kann (z. B. als Dieb oder Spitzbube) selbst in zwielichtigen Geschäften unterwegs sein. Gerade unter solchen Voraussetzungen bietet es sich an, das Abenteuer hier in Szene 4 zu beginnen und erst danach in Szene 1 die Ankunft weiterer SCs auszuspielen.

Falls die SCs in der Mordnacht eine feste Unterkunft gefunden haben und du trotzdem die Mordszene mit ihnen ausspielen möchtest, dann sollte es sich bei der festen Unterkunft um eine schäbige, kleine Herberge oder das Haus eines halbseidenen Freundes handeln. Um die Geschehnisse auf der Straße verfolgen zu können, braucht es von dort aus eine Öffnung ohne Fensterladen, z. B. die Luke eines Heubodens.

Die Sicht der Spieler: Die Pferde folgen der Straße in gemächlichem Trott, sodass die drei Reiter sich unterhalten können. Den Stimmen nach zu urteilen, handelt es sich mindestens bei zweien von ihnen um Männer; der dritte, der die Laterne trägt, schweigt. Alle drei tragen schwere, wollene Regenumhänge mit Kapuze.

Sobald sie dem Aufenthaltsort der SCs am nächsten sind, können diese einen Teil der Unterhaltung verstehen:

Reiter 1 „... aber könnt Ihr mir sagen, warum Euer Partner uns ausgerechnet hier treffen will? Mit Verlaub gesagt, die Gegend gefällt mir nicht."

Reiter 2 *(lacht)* „Sie gefällt den Wenigsten, darum ist sie für dieses Treffen ideal. Mein Partner kommt nicht gern in die Stadt und mag es erst recht nicht, hier gesehen zu werden. Aber seid unbesorgt, meine Männer halten uns den Rücken frei."

Danach entfernen sich die Reiter wieder. Um mehr von der weiteren Unterhaltung zu verstehen als Gemurmel im Regen, sind bei HEROEN 2 Erfolge in einem EW(Verständigung):Am nötig, bei MIDGARD ein gelungener EW:*Horchen*. Ein SC, dem dieser Wurf glückt, hört noch Folgendes:

Reiter 1 „Und Ihr haltet Euren Partner trotzdem für vertrauenswürdig?"

Reiter 2 „Ihr wart unzufrieden mit den Verhandlungen mit meinem Vater, oder nicht? Glaubt mir, die Person, die wir treffen werden, müsst ihr nicht erst mühsam einweihen. Sie weiß im Gegenteil sehr viel mehr über das Verwunschene Land als Ihr und ich und sicherlich auch einiges über Euer Rapier – wartet. "

An dieser Stelle hat Reiter 3 die Hand gehoben und reitet mit der Laterne voraus. Reiter 2 zügelt sein Pferd, Reiter 1 tut es ihm nach.

Reiter 1 „Was ist?"

Reiter 2 „Seldrik hat etwas gesehen … "

Reiter 2 richtet sich in den Steigbügeln auf und beugt sich leicht vor. Während Reiter 1 ihm auch hierhin folgt, lässt Reiter 2 sein Pferd einen Schritt rückwärts tänzeln. Sobald er sich schräg hinter Reiter 1 befindet, reckt er unter dem Umhang die Faust mit einem dicken Stein hervor und schlägt Reiter 1 von hinten nieder, der daraufhin aus dem Sattel kippt.

Reiter 2 und 3 steigen nun ab und treten an den Bewusstlosen heran. Während Reiter 2 das reiterlose Pferd beruhigt, stellt Reiter 3 die Laterne ab, kniet neben Reiter 1 nieder, hebt dessen Oberkörper an und bricht ihm dann mit einer schnellen, geübten Bewegung das Genick. Anschließend löst er vom Gürtel der Leiche ein Rapier in einer Scheide. Mit dem Wort „Herr" hält er es Reiter 2 hin, dessen Gesicht nun für einen Moment im Schein der Laterne erkennbar wird (Beschreibung: ↑*Radbur*). Reiter 2 hängt sich das Rapier an den eigenen Gürtel und verbirgt es unter seinem Umhang.

Sofern die SCs nicht einschreiten, sitzen Reiter 2 und 3 danach wieder auf und reiten den Weg zurück, den sie gekommen sind. Den Leichnam von Reiter 1 lassen sie in der Gasse liegen, das Pferd überlassen sie sich selbst. Es wird noch eine Weile stehen bleiben, bevor es anfängt, in den nächtlichen Gassen umherzustreifen. Von Ferne tönt die Stimme des Nachtwächters: „Es ist die dritte Stunde der Nacht! Alles in Ordnung!"

Hintergrundinformationen: Bei Reiter 1 handelt es sich um ↑*Gondalor*, bei Reiter 2 um ↑*Radbur*; Reiter 3 ist ↑*Seldrik*, ein erfahrener Kämpfer und Meuchelmörder, den die Einwohner der Stadt jedoch nur als Radburs Gärtner kennen. Bei dem Rapier handelt es sich natürlich um das elbische ↑*Duellrapier*.

Vor etwa einer Woche hatte Radbur von der Hexe den Auftrag bekommen, Gondalor zu beseitigen. Daraufhin gab er Gondalor zu erkennen, dass er (im Gegensatz zu seinem Vater, Graf Aendbur) bereits eine Vorstellung davon hat, was im Verwunschenen Land vor sich geht, und an einer Zusammenarbeit interessiert wäre. Er versprach Gondalor direkten Kontakt mit einem „Geschäftspartner", der bereits im Verwunschenen Land tätig sei. Gondalor blieb zunächst argwöhnisch, doch dem intrigenerfahrenen Radbur gelang es, ihn zu überreden. Für die heutige Nacht hatte Radbur Gondalor ein Treffen mit diesem „Partner" in Aussicht gestellt. Diese Abmachung war von Anfang an Schwindel und diente lediglich als Vorwand, Gondalor nachts in einen verlassenen Winkel von Alkron zu locken, um ihn dort auf eine Weise zu ermorden, die nach einem Unfall aussieht: Es soll der Anschein erweckt werden, Gondalors Pferd habe gescheut, Gondalor sei vom Pferd gefallen und habe sich dabei den Schädel angeschlagen und das Genick gebrochen.

Als Tatort haben Radbur und Seldrik eine mit Steinen gepflasterte Straße ausgewählt. Auf diese Weise kann kein Fährtenleser nachvollziehen, dass Gondalor zum Zeitpunkt seines Todes in Begleitung war. Der Regen tut sein Übriges, um eventuelle Spuren fortzuwaschen.

Optional sind noch die folgenden Verläufe der Szene wahrscheinlich:

- Falls die SCs sich aus ihrem Versteck wagen, um die Mörder zu stellen, hat Radbur alle Vorteile auf seiner Seite. Sollten sie ihn und Seldrik einfach mit gezogenen Waffen bedrohen, dann wird er laut Alarm schlagen; aber auch, wenn die SCs selbst nach der Wache rufen, wird er nach Kräften einstimmen. Nachtwächter Torold wird in diesem Fall auf seinem Horn Alarm blasen und zum Tatort eilen. Auch schlagen einige nahe Fensterläden auf und binnen einer Minute eilt ein halbes Dutzend Angehörige der städtischen ↑*Bürgermiliz* herbei – teilweise die Lederrüstung nur hastig übers Nachthemd gezogen. Je länger die Szene danach dauert, desto mehr Milizionäre gesellen sich dazu (insgesamt bis zu 15; Torolds Kampfwerte entsprechen denen eines Söldners der Bürgermiliz, die anderen sind gewöhnliche Bürger).

Wie lange es dauert, bis die Verstärkung am Tatort eintrifft, kannst du als SL frei festlegen, wie es dir dramatisch am gelegensten kommt. Nachtwächter und Milizionäre werden Radbur als Hauptmann der Stadtwache mit dem gebührenden Respekt begrüßen und die SCs misstrauisch beäugen. Über Bezichtigungen der SCs gegen Radbur als Mörder wird dieser lediglich lachen. Allerdings wird er seinerseits *keine* Anschuldigung gegen die SCs erheben, sondern improvisierte Lügen möglichst vermeiden, um sich nicht in Widersprüche zu verstricken. Seine offizielle Version wird lauten, er sei mit seinem Diener in der Nähe gewesen, als er ein Wiehern und einen Sturz hörte; er und Seldrik seien hinzu geeilt und hätten gerade angefangen, den Gestürzten zu untersuchen, als die SCs kamen. Stoßen die Milizionäre Verdächtigungen gegen die SCs aus (Dies kannst du als SL vom Verhalten der SCs abhängig machen), dann wird Radbur sogar zur Besonnenheit mahnen. Allerdings wird er in diesem Fall trotzdem befehlen, die SCs in Gewahrsam zu nehmen, da sie sich allein durch ihre Anwesenheit am Tatort verdächtig machen. Die Nacht endet dann für die SCs in der Zelle eines Wachhauses, wo sie am darauffolgenden Tag ein Verhör über sich ergehen lassen müssen.

Daraufhin angesprochen, ob der Hauptmann den Toten kenne, wird er nach einem nachdenklichen Stirnrunzeln erklären, der Mann sei Gast auf der Burg, doch seien sie einander nicht oft begegnet. Fragen danach, was er selbst mitten in der Nacht in diesem Viertel zu tun hatte, wird Radbur mit hintergründigem Lächeln abblocken, darüber sei er als Sohn des Grafen niemandem hier Rede und Antwort schuldig.

Alles in allem spiele Radbur konsequent so, als sei er *tatsächlich* nur auf dem Weg zum Freudenhaus auf die Leiche gestoßen und dabei den SCs begegnet; denn das ist die Situation, die er vorspielen wird. Erfolgswürfe zur Täuschung o. ä. sind in diesem Fall von seiner Seite nicht nötig, da Radbur das Vertrauen seiner Untergebenen genießt und sich eventueller Argwohn eher gegen die SCs richtet.

- Wenn die SCs nicht eingreifen, sondern sich verborgen halten und die beiden Mörder unbehelligt ziehen lassen, haben sie hinterher die Möglichkeit, Gondalors Leiche und das Pferd zu untersuchen. Gondalor trägt die Kutte seiner Priesterschaft über einer Lederrüstung und hochwertiger Reitkleidung. An seinem Gürtel finden sie einen Dolch und eine Geldbörse (HEROEN: 1g15s, MIDGARD: 45GS). Die Satteltaschen des Pferdes enthalten Feuersteine und eine Wachstafel mitsamt Griffel. Sicherheitshalber hatte Gondalor zudem ein Bündel Fackeln eingesteckt. Seine übrigen Besitztümer hatte er auf der Burg gelassen.

Nachbetrachtung

▷ Wenn ihr das Abenteuer mit dieser Szene begonnen habt, geht es nun weiter in **Szene 1**.

▷ Habt ihr mit Szene 1 begonnen, dann sollten die SCs zu diesem Zeitpunkt bereits miteinander vertraut sein. Sofern die Spieler nicht von selbst auf die Idee kommen, lege ihnen nahe, sich an ihre neuen Bekannten (die anderen SCs) zu wenden, insbesondere an den, „der mit diesem einflussreichen Gelehrten befreundet ist" (Freund von Esligar). In diesem Fall geht es weiter mit **Szene 5**.

Szene 5: Besprechung bei Esligar

Angenehme Wärme schlägt euch entgegen und vertreibt die klamme Kühle des Regentags, als die Haushälterin euch die Tür öffnet. Hüte, Gugeln, Mäntel und Umhänge nimmt sie euch ab und hängt sie über ein Gestell im Vorraum, ehe sie euch ohne Verzug ins Speisezimmer geleitet.

Schwere Vorhänge verhüllen das Fenster an der Seitenwand. Über Truhen und Bänke entlang der übrigen Wände verbreitet sich ein Durcheinander aus Kelchen und Krügen, aber auch allerlei Schriftrollen, Schreibzeug und verschiedene Geräte wie z. B. ein Astrolabium. An der Tafel in der Mitte des Raums thront bereits die bärenhafte Gestalt von Esligar, neben ihm seine Freunde (= die mit ihm befreundeten SCs).

Vorbedingungen: Diese Szene entspricht der klassischen Auftragsvergabe und kann erst dann stattfinden, wenn alle SCs entweder untereinander oder mit ↑*Esligar* bekannt sind. Auch muss die nötige Vertrauensbasis für ein „verschwörerisches" Gespräch herrschen.

Ideal wäre es, wenn die Initiative, Esligar aufzusuchen, von den SCs ausginge. So könnten z. B. die Zeugen des Mordes an diejenigen herantreten, die mit Esligar befreundet sind, um gemeinsam den Gelehrten um Rat zu fragen.

Falls die Spieler nicht von sich aus darauf kommen, spricht Esligar seine Freunde unter den SCs an, ob sie vertrauenswürdige und verschwiegene Leute für eine heikle Mission kennen. In diesem Fall lädt er die Gruppe zum Abendessen zu sich nach Hause ein.

Die Sicht der Spieler: Sobald alle seine Gäste Platz genommen haben, heißt Esligar seine Haushälterin ↑*Trude*, das Essen aufzutragen. Wenn das Treffen mit Esligar verabredet war, gibt es Gänsebraten und dazu einen Krug edlen Weines. Sind alle oder ein Teil der SCs überraschend gekommen, um Esligars Rat zu suchen, dann wird Trude unter Murren davonziehen und nach einer

Viertelstunde die aufgewärmten Reste eines Eintopfs servieren. Als Getränk gibt es dann nur sauren Apfelwein.

Esligar fragt seine Gäste, wie es ihnen ergangen ist. Dies ist die Gelegenheit für die SCs, ihre Erlebnisse seit Beginn des Abenteuers untereinander und mit dem Gelehrten auszutauschen. Außerdem nutzt Esligar das Gespräch, um diejenigen SCs, die er noch nicht persönlich kennt, näher kennenzulernen und ihre Vertrauenswürdigkeit einzuschätzen. (Allerdings ist die Angelegenheit aus Esligars Sicht sehr drängend, sodass sich ein SC schon einen großen Fauxpas erlauben muss, um auf den Gelehrten bedenklich zu wirken.)

Ging die Einladung von Esligar aus und fragen ihn die SCs nach dem Anlass, dann vertröstet er sie auf nach der Mahlzeit. Erst, wenn Trude wieder abgeräumt hat, bittet er sie, dafür zu sorgen, dass die Runde ungestört bleibt. Sobald die Tür geschlossen ist, tritt Esligar an eine Truhe, aus der er ein längliches Bündel hervorkramt. Als er es auf den Esstisch legt und auswickelt, kommt ein elbisches ↑*Duellrapier* zum Vorschein, um dessen Griff eine kleine Schriftrolle gebunden ist.

Hintergrundinformationen: Dieses Rapier hat Esligar vor Jahren einem dubiosen Abenteurer abgekauft, ohne zu ahnen, dass sein Vetter, Graf Aendbur, ihm das Fundstück auf diesem Wege zuspielen wollte. Nach Esligars Kenntnisstand kam es direkt aus dem Verwunschenen Land; in Wirklichkeit stammt es aus den Gewölben der *Alx Goron*.

SCs, die Zeugen des Mordes waren, werden auf die Enthüllung des Rapiers möglicherweise aufgebracht reagieren und Esligar für einen Komplizen des Mörders halten. Wenn sie ihn auf den Kopf zu bezichtigen, wird Esligar erstaunt reagieren: „Unmöglich! Dieses Rapier befindet sich seit Jahren in meinem Besitz." Um zu erkennen, dass er die Wahrheit sagt, genügt bei HEROEN 1 Erfolg auf EW(Menschenk.):Am, bei MIDGARD ein erfolgreicher EW:*Menschenkenntnis*. Im Übrigen kennt Esligar Radbur gut und wird ihn daher erkennen, sobald SCs, die Zeugen des Mordes waren, den Täter beschreiben. („Radbur! Ich wünschte, es könnte mich noch überraschen, dass er wahrhaftig sogar zu heimtückischem Mord bereit ist.")

Wenn sich die Wogen glätten oder die SCs ihn gar nicht erst unterbrechen, fasst Esligar zunächst kurz die Erkenntnisse zusammen, die er in den vergangenen Jahren über das Rapier gewinnen konnte („Leider nicht viel. Die Magie, die ihm innewohnt, beruht auf Prinzipien, die mir fremd sind. Mit Bestimmtheit weiß ich nur, dass sie mächtig ist ... sehr mächtig."). Er hatte das Artefakt seit Monaten nicht angerührt, bis es sich vor etwa drei Wochen „zu regen begann". (Dies war der Zeitpunkt, zu dem Gondalor mit seinem Rapier Alkron erreichte.)

Wie sich dieses „Regen" äußerte, kann Esligar nur in der Fachsprache seiner

Gelehrtendisziplin erklären (HEROEN: Kenntnis ⊠ Mystik, MIDGARD: Charakterklasse *Magier*); Außenstehenden bleibt das Gerede von „Schwingungen" und „Resonanzen" unverständlich. Esligar spürte, wie sich das Rapier selbst aus der geschlossenen Truhe heraus bemerkbar machte – was für sich allein schon für dessen ungeheure magische Macht spricht. Als er es daraufhin zur Hand nahm, konnte er einen „Sog" fühlen: Ein Gespür, das ihm stets eine bestimmte Richtung anzeigte.

Was Esligar noch nicht weiß, aber im Lauf dieses Gesprächs herausfinden kann: Der Sog lief stets auf das zweite Rapier zu. An dieser Stelle kommt die Schriftrolle ins Spiel, die um den Griff des Rapiers gebunden ist: Es handelt sich um Esligars Protokoll, wohin der Sog jeweils zielte und wie stark er ihn empfand. Ausgangspunkt seiner Messungen war das Studierzimmer in seinem Haus.

Als SL solltest du an dieser Stelle den SCs Gelegenheit geben, das Rätsel ohne Hilfe ihres Auftraggebers zu lösen. Esligar wird sich schweigend ihre Informationen und Ideen anhören und sie im Kopf mit seinen Aufzeichnungen vergleichen. Nur, wenn die Spieler nicht von selbst darauf kommen, wird Esligar sich irgendwann vor die Stirn schlagen und mit einem gepolterten „Natürlich! Das ist es!" die nachfolgenden Schlussfolgerungen enthüllen.

Auffällig ist zunächst die Häufigkeit an Eintragungen „stark, Westnordwest, 26° aufwärts" (in Richtung der Burg, wo sich Gondalor als Gast die meiste Zeit aufhielt). Die meisten abweichenden Eintragungen sind „mittel" bis „stark" und erstrecken sich über die Richtungen Süd bis West. (Esligars Haus liegt im Osten der Stadt, sodass Gondalor bei Ausflügen in die Stadt zwangsläufig in diesen Richtungen unterwegs war.)

Für das Datum des Mordes (Szene 4) verzeichnet das Protokoll zur dritten Stunde der Nacht einen fahrig hingekritzelten Eintrag: „sprunghaft, West". (Als Gondalor starb, reagierte das Rapier mit einem plötzlichen Anschwellen des Sogs, das Esligar aus dem Schlaf schreckte.) Die wenigen Einträge seit der vierten Stunde derselben Nacht lauten durchgehend: „schwach, Westnordwest, 22° aufwärts". (Radbur hat das Rapier in der geheimen Kammer auf der Burg untergebracht und seitdem nicht bewegt.)

Zum Abschluss stellt Esligar bedeutungsschwer fest: „Ich weiß nicht, was das alles genau zu bedeuten hat; aber irgend jemand in dieser Stadt hantiert mit einem Gegenstand starker Magie. Und er stammt aus dem Verwunschenen Land."

Esligars Einschätzung nach bedeutet dies eine Gefahr. Dass bereits (wenn die SCs ihm davon berichtet haben) für dieses Rapier gemordet wurde, bestärkt ihn in dieser Einschätzung, die er den SCs auch offen mitteilt.

Anhand der Richtung seiner Eintragungen hat er sich bereits zusammengereimt, dass das Rapier auf der Burg versteckt liegen muss. Nun bittet er die SCs, es diskret dort herauszuholen und zu ihm zu bringen. Als Gelegenheit dafür bietet sich ein naher Feiertag an, zu dem auf Burg Alkron ein Maskenball veranstaltet wird. Esligar wird den SCs Zutritt verschaffen und ist sogar bereit, einem von ihnen (dem Freund, den er vorher schon kannte) sein eigenes Rapier zu leihen, um mithilfe des „Sogs" das andere aufzuspüren. Als Belohnung bietet er entweder Geld (HEROEN: pro Kopf 3g, MIDGARD: pro Kopf 100GS) oder Zauberwerke aus seiner Sammlung (HEROEN: ↑*Talismane*; MIDGARD: ↑*Spruchrollen* oder ↑*Bannamulette*.) Bei Annahme des Auftrags erhalten die SCs ein Drittel des Geldes im Voraus; den Rest des Geldes und die Zauberwerke händigt er ihnen nach erfolgreicher Queste aus.

Esligar ist ehrlich in seiner Sorge, dass die Magie aus dem Verwunschenen Land in falschen Händen Schaden anrichten könnte. Ihn treibt jedoch noch ein zweites Motiv an: Der Wissensdurst des Forschers. Die Gelegenheit, zwei solche Rapiere in Händen zu halten und untersuchen zu können, stellt für ihn eine erhebliche Verlockung dar. Sollten die SCs ihm konsequent die Zusage für den Auftrag verweigern, ehe sie nicht wüssten, was er mit dem zweiten Rapier anzufangen gedenkt, wird er widerstrebend auch dieses Motiv zugeben. Er ist aber bereit, jeden heiligen Eid zu schwören, dass er diese Artefakte nicht für seine persönliche Macht missbrauchen wird. (Dass er es ehrlich meint, enthüllt bei HEROEN ein EW(Menschenk.):Am, bei MIDGARD ein EW:*Menschenkenntnis*.) Als stärkstes Argument, wenn alles andere versagt, wird er in die Waagschale werfen: „Wer soll wohl eher ein Artefakt von derartiger Macht hüten? Ein zauberkundiger Gelehrter, der ein solches Ding fachkundig zu verwahren weiß? Oder ein Mörder, der keine Ahnung hat, mit was für Kräften er sich da einlässt?!" (Sofern Esligar nichts von dem Mord weiß, wird er statt „Mörder" einfach „hochgeborener Narr" sagen.) Wenn auch das die Spieler nicht überzeugt, ist das Abenteuer an dieser Stelle zu Ende.

Nachbetrachtung

▷ Sofern die SCs sich auf die Queste einlassen, ist es nun an der Zeit, konkrete Pläne zu schmieden. Zu diesem Zweck können sie gleich bei Esligar bleiben. Diese Szene geht damit nahtlos über in **Szene 6**.

Kapitel 2

Eine rauschende Ballnacht

Zu diesem Zeitpunkt ist die Gruppe zu einer Schicksalsgemeinschaft zusammengefügt; ob vertrauensvoll oder zähneknirschend: Die SCs arbeiten ab jetzt zusammen. Gemeinsam werden sie während des Maskenballs auf Burg Alkron eindringen und das Elbenrapier herausholen – mit Esligars Unterstützung und in seinem Auftrag. Wenn sie ihren Teil der Vereinbarung einhalten, werden sie ihm das Artefakt schlussendlich überbringen; ansonsten ist die Gruppe (wenn sie Erfolg hat) um einen machtvollen magischen Gegenstand und einige Feinde reicher.

Die Angelegenheit erscheint harmlos genug, auch wenn sich bereits abzeichnet, dass sie größer sein mag als eine Intrige am Hof einer kleinen, abgeschiedenen Grafschaft. Noch geht es nur um die Sorgen eines Gelehrten um einen Zaubergegenstand, der in falschen Händen Schaden anrichten könnte. Wenig ahnen die SCs, dass diese kleine Queste den Anfang eines Weges bedeutet, der geradewegs ins Verwunschene Land führt – sofern sie nicht vorher umkehren.

Übersicht

In diesem Kapitel werden die SCs mit Esligars Unterstützung auf Burg Alkron eindringen. Wenn sie sich an den Plan ihres Auftraggebers halten, werden sie sich zunächst in das Treiben auf dem Maskenball mischen. Später werden sie aus der bunten Festgesellschaft in das geheime Gangsystem der Burg wechseln, in dem Radbur das Rapier verborgen hat. Ihr offensichtlicher Gegner dabei ist Radbur selbst mit seinen Getreuen.

Doch ahnen weder sie noch Esligar, dass außer ihnen noch jemand hinter dem Rapier her ist. Radburs Auftraggeberin „die Hexe" ist wenig erfreut von der Eigenmächtigkeit ihres Spions, das Artefakt für sich behalten zu wollen. So hat sie einen ganz besonderen Emissär ausgeschickt, der sich ebenfalls im Trubel des Maskenballs unerkannt einschleichen wird: Einen Luftelementar namens ↑*Temail*.

Verkleidet wie alle anderen Festgäste auch, wird Temail dank seiner magischen Sinne schnell bemerken, dass sich *zwei* Rapiere in der Burg befinden: Das von Radbur geraubte und Esligars Leihgabe an die SCs. Auf dem Ball wird er sich daher als Verfolger an die Gruppe hängen und ihnen auf den Fersen bleiben. Sollte Radbur die SCs in Bedrängnis bringen, so wird der Elementar ihnen sogar aus dem Verborgenen heraus beistehen.

Sobald die SCs jedoch Radburs Rapier gefunden haben, wird Temail versuchen, es an sich zu bringen; zwar ist für ihn das Mittel der Wahl ein schneller Zugriff, Diebstahl oder List, doch wird er notfalls auch den offenen Angriff wagen. In diesem Fall ist er für die SCs der Gegner im Endkampf.

Dieses Kapitel kann vollkommen ergebnisoffen durchgespielt werden, ohne den weiteren Fortgang der Geschichte zu beeinträchtigen. Sofern ihr den *Maskenball* als abgeschlossene Geschichte erlebt, handelt es sich bei den Geschehnissen auf dem Ball ohnehin um den Showdown, nach dessen Abwicklung die SCs neuen Abenteuern entgegenziehen (wie auch immer er ausgeht). Aber auch wenn ihr die Reihe *Das Verwunschene Land* danach weiter bespielen möchtet, genügt es für den Einstieg in die weiteren Bände, dass zu diesem Zeitpunkt der Kontakt zu Esligar bereits etabliert ist. Wegen seines hohen Interesses an der Erforschung des Verwunschenen Landes wird er auch weiterhin als Auftraggeber in Erscheinung treten und den Abenteurern den weiteren Weg dorthin aufzeigen.

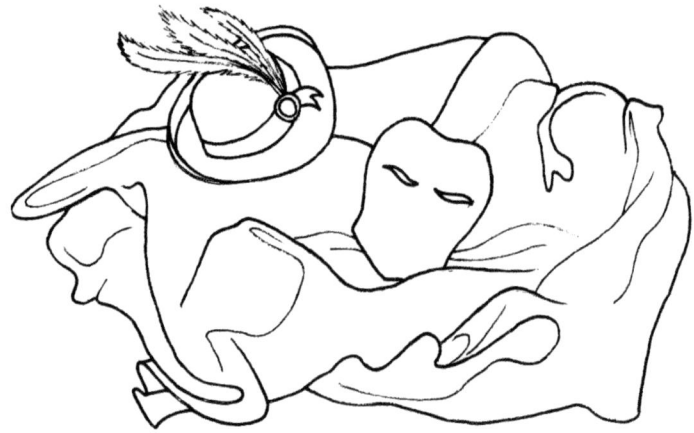

Szene 6: Pläne

Esligar zeigt sich erfreut und erleichtert über eure Bereitschaft, das Rapier aus Burg Alkron herauszuholen. Er tritt an die Tür und ruft nach Trude, einen Krug des besten Weines aus dem Keller zu holen.

Sobald jeder von euch einen gefüllten Kelch vor sich stehen hat, prostet er euch polternd zu und leert seinen Becher auf das Gelingen des gemeinsamen Vorhabens. „So weit, so gut", verkündet er, nachdem alle getrunken haben, „dann lasst uns planen, wie ihr in die Burg gelangt!"

Die nun folgende Szene stellt einen Ruhepunkt im Fluss der Handlung dar. An diesem Abend können die SCs in aller Ruhe mit Esligar zusammen Pläne schmieden. Danach bleiben ihnen drei Tage bis zum Abend des Maskenballs: Zeit genug für einige Besorgungen und Vorbereitungen, aber zu wenig, um noch aufwändige Hilfsmittel wie z. B. besonders ausgefallene Kostüme herzustellen. An Ausrüstung werden sich die SCs mit dem begnügen müssen, was ihr und Esligars Besitz sowie der Markt von Alkron hergeben.

Am einfachsten ist die Beschaffung der Kostüme. Esligar kennt genug Schneider, Hutmacher, Holzschnitzer etc., die er den SCs empfehlen kann, um sich Gewänder und Masken zu besorgen. In der ganzen Stadt werden in dieser Nacht Kostümfeste abgehalten, sodass solche Einkäufe völlig unverdächtig sind.

Etwas komplizierter wird es, die SCs auf dem Ball einzuschleusen. Esligar wird sich zunächst Ideen und Vorschläge der SCs anhören, hat aber zur Not schon eigene Pläne parat: So kann er als Vetter des Grafen es für SCs von Stand (Adlige, Geistliche oder Gelehrte) arrangieren, dass sie auf die Gästeliste gesetzt werden. Befinden sich unter den SCs Musikanten, Gaukler u. ä., dann kann Esligar sie dem Haushofmeister für das Unterhaltungsprogramm des Abends ans Herz legen; sie sollten dann nur darauf vorbereitet sein, ihre Kunst auch zum Besten zu geben.

Um verbleibende SCs aus dem einfachen Volk während des Balls auf die Burg zu schmuggeln, kann Esligar seine Haushälterin Trude bitten, ihre Freunde im Gesinde der Burg anzusprechen, ob sie ein paar zusätzliche Helfer brauchen können. Diese SCs sollten sich darauf einrichten, den Anfang des Maskenballs in der Burgküche zu verbringen.

Sollten die SCs es für besser halten, während des Balls heimlich in die Burg einzubrechen, wird Esligar nicht gerade begeistert sein („Haltet ihr das wirklich für eine gute Idee?"). Da er aber keine Befehlsgewalt über sie hat, wird er es, sofern sie bei ihrem Entschluss bleiben, zähneknirschend akzeptieren.

Esligar selbst ist in der Oberschicht von Alkron zu bekannt und dank seiner Statur selbst kostümiert so unverkennbar, dass er aktiv nicht viel beitragen kann, ohne in der Festgesellschaft aufzufallen. Sein Rapier vertraut er daher einem der SCs an (vorzugsweise dem Freund, den er schon vor dem Abenteuer kannte), damit dieser damit unauffällig die Burg durchstreifen und mithilfe des „Sogs" anpeilen kann, wo sich das andere Rapier befindet. Die SCs können sich aber während des Balls an ihn wenden, um ihm ihre Erkenntnisse mitzuteilen oder Fragen zu stellen. Er wird an dieser Stelle ausdrücklich darauf hinweisen, dass er als Familienangehöriger gut mit den Räumlichkeiten der Burg vertraut ist und ihnen recht genau sagen kann, was sie hinter welcher Tür finden werden.

Wenn Esligar in Szene 5 erfahren hat, dass Radbur das Rapier an sich gebracht hat, wird er die SCs außerdem ermahnen, sich vor ihm in Acht zu nehmen: „Radbur hat die Stadtwache gut im Griff. Seine Männer respektieren ihn und wahrscheinlich hat mein Vetter ihn beauftragt, während des Balls für die Sicherheit der Burg zu sorgen." Wenn die Sprache darauf kommt, was aus den SCs wird, wenn sie auffliegen, kann Esligar (sofern er Bescheid weiß) ihnen rechtlichen Beistand zusichern: „Radbur kann nicht riskieren, die Sache vor Gericht zu bringen, ohne dabei selbst offenzulegen, wie sehr er gegen den eigenen Vater arbeitet."

Schließlich wird der Abend ausklingen. SCs, die als Übernachtungsgäste bei Esligar untergekommen sind, werden von Trude auf das Gästezimmer geleitet. Anderen SCs, die schon vorher erfolglos versucht haben, in einer Herberge unterzukommen, bietet Esligar selbstverständlich seine Gastfreundschaft an. Entweder wird es im Gästezimmer etwas eng oder der Rest der Gruppe übernachtet auf dem Dachboden.

Nachbetrachtung

▷ Wie SCs so sind, kann es sein, dass sie in dieser Nacht durch Esligars Haus schleichen werden, um nach weiteren Informationen, Schätzen, Zaubergegenständen o. ä. zu suchen. In diesem Fall geht es weiter bei **Szene 7**.

▷ Arbeiten die SCs vertrauensvoll mit Esligar zusammen, ohne seine Gastfreundschaft zu missbrauchen, dann verbringen sie die nächsten drei Tage vermutlich mit Einkäufen und der Verfeinerung ihrer Pläne. Nach etwas freiem Spiel auf dem Gelände der Stadt Alkron geht es dann bei **Szene 8** zum Ball – auf die eine oder andere Weise.

Szene 7: Trau nie deinem Auftraggeber!

Die Nacht ist hereingebrochen, Stille senkt sich über das Haus. Nur gelegentlich knarzt ein Balken oder dringt von draußen das Krächzen eines Nachtvogels herein. Gedämpft durchdringt Esligars Schnarchen die zwei geschlossenen Türen zwischen seinem Gemach und eurer Kammer.

Diese Szene ist rein optional und muss nur dann angespielt werden, wenn die SCs durch Esligars Haus schleichen, um mehr zu enthüllen, als er ihnen von sich aus offenbart hat.

Die meisten Räume des Hauses dienen lediglich ihrer üblichen Funktion (Küche, Vorratskammer, Schlafräume usw.) und halten keine Überraschungen bereit. Für das Abenteuer interessant sind nur zwei Zimmer: Der Speisesaal und Esligars Studierzimmer. Beide sind über Nacht abgeschlossen, können aber von einem Charakter mit entsprechenden Fertigkeiten geöffnet werden (HERO-EN: ⊠ Schlossknacken, 3 Erfolge auf EW(Handwerk):Fi; MIDGARD: Gelungener EW:*Schlösser öffnen).* Die gleichen Bedingungen gelten für das Öffnen der Truhen im Speisesaal, in denen die SCs allerdings nur haufenweise unsortierte Schriftrollen, Wachstafeln und sonderbare Geräte finden (hauptsächlich Zirkel, Winkelmesser oder Lineale mit Schieblehren). Das Rapier hatte Esligar nur für diese Besprechung dort hingebracht; vor dem Schlafengehen hat er es an seinen angestammten Platz im Studierzimmer zurückgelegt.

Brechen die SCs ins Studierzimmer ein, so finden sie hier eine gewaltige Menge an Büchern und Schriftrollen, die nicht nur das Wandregal ausfüllen, sondern sich auch über den Schreibtisch und diverse Beistelltische und Schemel verteilen; inhaltlich finden sich darunter diverse philosophische Abhandlungen, Niederschriften von epischer Sagendichtung sowie ein Sammelsurium von mystischen Texten. Einem SC mit entsprechender Vorbildung, der sich mehrere Stunden damit befasst, können grobe thematische Zusammenhänge auffallen, z. B. dass es häufig um die Magie der Elben geht oder dass in mehreren Schriften ein Reich Adally erwähnt wird. (Erfordert bei HEROEN ⊠ Mystik oder ⊠ Sagen sowie für jede dieser Informationen 3 Erfolge in einem Wurf auf *Fachwissen*; bei MIDGARD die erfolgreiche Anwendung der Berufsfertigkeit *Gelehrter.)*

Mehrere Kisten und Truhen stehen hier, einige davon mit besonderen Metallbeschlägen versehen und mit Schutzrunen beschnitzt. Die meisten davon enthalten Esligars Sammlung an ↑*Talismanen,* ↑*Spruchrollen* und ↑*Bannamuletten*; eine enthält das Rapier, zusammen mit allen Aufzeichnungen, die Esligar beim Studium des Artefakts bislang gemacht hat. Für einen Zauberkundigen aus derselben Disziplin geht daraus eine grobe Einordnung von Stärke und Wirkung des Zaubers hervor, der auf dem Rapier liegt. (HEROEN: ⊠ Mystik → 7. GRAD, Quellen der Kraft: Schwere, Form, Atem; MIDGARD: Charakterklasse *Magier* → Stufe 4, Spezialgebiete *Bewegung* und *Information.)*

In derselben Truhe finden sich außerdem mehrere lederne Mappen mit losen Zetteln, auf denen Esligar über die Jahre hinweg seine Erkenntnisse zum Verwunschenen Land niedergeschrieben hat. Auch diese sind nur für einen Fachkollegen überhaupt verständlich und besagen selbst für diesen hauptsächlich: Esligar weiß nicht viel. Er hat einige Exkursionen an die Grenze hinter sich, zahllose Eindrücke seines magischen Gespürs notiert und Berichte aus der Bevölkerung über allerlei Spukerscheinungen niedergeschrieben; was sich aber jenseits der gut bewachten Grenze tut, liegt für ihn nach wie vor im Dunkeln. Wer sich zuvor erfolgreich mit den Büchern und Schriftrollen auseinandergesetzt hat (s. o.), findet allerdings in Esligars Notizen die Fragestellung wieder, ob es sich beim Verwunschenen Land um das untergegangene Reich Adally handelt.

In einer Lade des Schreibtisches schließlich lagert Esligars aktuelle Korrespondenz. Es handelt sich um die üblichen per Brief ausgetragenen Dispute mit Gelehrten in fernen Städten, hauptsächlich um die Ursprünge verschiedener, allgemein bekannter Zauber.

Nachbetrachtung

▷ Sollten die SCs bei ihrem nächtlichen Streifzug Spuren hinterlassen oder gar Gegenstände entwenden, dann bleibt Esligar vor dem Maskenball Zeit genug, um dies zu bemerken. In diesem Fall wird er schweren Herzens ↑*Radbur* ins Vertrauen ziehen. Dieser wird in der verbleibenden Zeit vor dem Ball die SCs festnehmen – möglichst einzeln, während sie getrennt in der Stadt unterwegs sind – und in den Kerker verfrachten. Danach geht es weiter mit **Szene 16**.

▷ Wenn die SCs nur diskret Informationen sammeln, aber nichts entwenden und keine Spuren hinterlassen, geht alles seinen geplanten Gang weiter. Das Gleiche gilt, wenn sie Esligar freiwillig von ihrem Streifzug erzählen und sich angemessen bei ihm entschuldigen, bevor er Radbur einweiht. In diesem Fall macht ihr bei **Szene 8** weiter.

Szene 8: Wege zum Ball

Den Burghügel hinauf ist es ein steiler Aufstieg, der keinen Zweifel daran lässt, dass er in erster Linie eines sein soll: Leicht zu verteidigen. Zu eurer Linken endet der Pfad jäh an einer felsigen Kante; rechts ragen die Mauern der Burg empor und die Türme verschwimmen zu Schatten vor der niedrig dahinjagenden Wolkendecke. Der klamme Wind lässt eure Mäntel flattern wie die Flaggen der Grafschaft auf den Zinnen.

Endlich wendet sich der Pfad in einer scharfen Rechtskurve dem Burgtor zu ...

Vorbedingungen: Spätestens an dieser Stelle sollte jeder SC festgelegt haben, was für ein Kostüm er trägt. Vermerkt für jeden SC Farbe bzw. Muster von Gewand und Hut, das Aussehen der Maske (schlichte Voll- oder Halbmaske, Tiergestalt, Fabelwesen o. ä.) und besonderen Zierat wie Broschen oder Federbüsche. Es ist ausdrücklich erlaubt, *eine* Waffe mitzuführen, da ein völliges Verbot gegenüber den eingeladenen Edelleuten einen Affront darstellen würde. (Messer und Dolche zählen nicht als Waffen, sondern als Essbesteck, können also problemlos am Gürtel getragen werden.) Bei Esligar zum Beispiel sähe diese Notiz so aus:

Esligar:

- Dunkelbraune Samtrobe
- Hut: Nachgemachter Kranz aus Efeu
- Bärenmaske aus Ebenholz
- Waffe: Magierstab

Notiert euch die Verkleidungen der SCs in ähnlicher Weise.

Hintergrundinformationen: Wieviel Bewegungsfreiheit die SCs in dieser Szene genießen, hängt stark davon ab, wann sie sich der Burg nähern. Während der drei Tage vor dem Ball wird jede Bewegung auf dem Burgweg von den Wachen auf dem Wehrgang beobachtet. Sollten die SCs während dieser Zeit um die Burg herumstreichen, besteht für jede solche Exkursion eine Gefahr von 1:6, dass Radbur sie bemerkt. Wenn er sie schon von Szene 4 her kennt, wird er danach (insbesondere am Abend des Balls) doppelt auf der Hut sein; ansonsten merkt er sich spätestens jetzt ihre Gesichter.

Wenn die SCs jedoch erst am Abend des Balls anrücken, werden sie im allgemeinen Trubel nicht auffallen. Die Burg öffnet ihre Tore 4 Stunden vor Sonnenuntergang für Musikanten, Küchenhelfer usw.; ab diesem Zeitpunkt herrscht auf dem Burgweg genug Verkehr, um einfach darin unterzutauchen. SCs, die als Teil dieser Menge die Burg betreten, gehen von hier aus über zu **Szene 9**.

Bei Sonnenuntergang werden die geladenen Gäste eingelassen. SCs, die sich auf diesem Wege in den Trubel des Balls begeben, treffen somit erst um diese Zeit ein und machen weiter bei **Szene 10**.

Eventuelle Einbrecher, die erst nach Einbruch der Nacht zur Burg aufbrechen, haben gute Aussichten, im Dunkeln von den Wachen unbemerkt zu bleiben. Verschaffen sich SCs auf diese Weise Zugang zur Burg, dann tun sie das in **Szene 11**.

Szene 9: Gehilfen und Musikanten

Am Torhaus entsteht Gedränge: Lieferanten, Dienstboten und allerlei fahrendes Volk verstopfen den schmalen Durchgang, hinter dem Bewaffnete in den Farben des Grafenhauses jeden Einzelnen nach seinem Namen und seiner Aufgabe auf dem Fest befragen. „Musikanten? Gleich in die Halle", hört ihr die raue Stimme eines Wächters. „Was bringt Ihr da? Rebhühner? In die Küche damit – der Eingang dort hinten und beeilt euch, ehe die Köchin euch grillt!"

Nach einer Ewigkeit kommt ihr an die Reihe. Nun wird sich zeigen, ob Esligars Beziehungen euch tatsächlich einen Platz hinter den Kulissen des Balls verschafft haben ...

Die Sicht der Spieler: Die Menschenmenge besteht vor allem aus unfreien Bauern, die Vieh und Gemüse für das Fest anliefern und/oder im Rahmen ihres Frondienstes als zusätzliche Bedienstete herangezogen wurden. Kommen die SCs mit ihnen ins Gespräch, dann erfahren sie, dass die meisten Bauern über diese Abwechslung sogar froh sind und dem Fest heiteren Gemüts entgegensehen. Außerdem stehen in der Schlange jede Menge Tagelöhner aus der Stadt, Händler mit Wein und Naschwerk sowie allerlei fahrendes Volk, das auf dem Ball für Unterhaltung sorgen soll.

Wenn die SCs nicht gerade darauf geachtet haben, hinten in der Warteschlange zu bleiben und die Burg als Letzte zu betreten, staut sich hinter ihnen im Torhaus die Menge zu einer dichten Traube, durch die es im Notfall kein Durchkommen gibt. Flucht, falls bei den Wachen etwas schiefläuft, ist damit illusorisch.

Hintergrundinformationen: Sobald die SCs an der Reihe sind und sich vorgestellt haben, schaut eine der ↑*Burgwachen* einen Herold, der im Burghof neben dem Tor steht, fragend an. Für den weiteren Verlauf der Szene gibt es nun zwei Möglichkeiten:

- Bei SCs, die auf Esligars Veranlassung als Küchengehilfen, Unterhaltungskünstler o. ä. für den Ball vorgesehen sind, wird der Herold nach einem Blick auf seine Liste bloß nicken. Der Wächter wird sie daraufhin durchwinken und ihnen zeigen, wohin sie sich wenden sollen. (Auf dem Plan der ↑*Burg Alkron*: Gehilfen der Dienerschaft durch Nebeneingang B ins Hauptgebäude; Musikanten, Gaukler o. ä. durch Eingang C in die Festhalle.) Sobald die SCs am Tor vorbei sind, werden weder die Torwächter, noch der Herold ihnen weiter hinterher sehen.

- Handeln die SCs *ohne* Absprache mit Esligar und versuchen einfach so, mit der Meute in die Burg zu gelangen, dann bekommen sie nun Ärger. Der Wächter wird sie in den kleinen Wachraum im Torhaus winken (Raum D) und auffordern, dort zu warten. In diesem Fall stehen den SCs einige Stunden in diesem Raum bevor, während haufenweise Gehilfen und Künstler abgefertigt und hereingelassen werden.

  Erst eine halbe Stunde vor Beginn des Balls werden sich die Wachen und der Herold ihres Falls annehmen. Beharren die SCs überzeugend genug auf der Behauptung, sie wären als Helfer für das Fest engagiert worden und könnten sich diesen Irrtum nicht erklären (HEROEN: Standardsituation *Überreden*; MIDGARD: EW:*Beredsamkeit*), dann werden die Wächter sie schließlich mit bedauerndem Achselzucken zum Ausgang geleiten und aus der Burg schicken.

  Machen sich die SCs jedoch verdächtig oder leisten gar Widerstand, dann schlagen die Wachen und der Herold Alarm; in diesem Fall werden sowohl die Patrouillen von den Wehrgängen (insgesamt 4 ↑*Burgwachen*) als auch mehrere ↑*Höflinge* herzu eilen, um die SCs festzusetzen. Die Nacht des Maskenballs verbringen sie dann im Kerker und werden frühestens am nächsten Morgen freigelassen. (Je nachdem, wie ungeschickt sie sich anstellen, kann dies sogar einen Übergang zu **Szene 16: Gescheitert!** darstellen.)

Unter der Annahme, dass den SCs der Zutritt zur Burg gelingt, genießen sie für die verbleibende Zeit bis zum Ball ein hohes Maß an Bewegungsfreiheit. Die Wachen und der Herold am Tor drehen ihnen nach der Abfertigung den Rücken zu und beschäftigen sich mit den nächsten Neuankömmlingen; auch die Patrouillen auf den Wehrgängen werden nicht sonderlich darauf achten, wohin sich die SCs nach dem Eintreten wenden. Wenn sie es nicht gerade eilig haben, sich bei der Köchin, dem Haushofmeister o. ä. zum Dienst zu melden, können sie im vorderen Bereich der Burg relativ frei umherstreifen. Führt einer der SCs Esligars Rapier bei sich, dann hat er nun die denkbar beste Gelegenheit, das andere Rapier anzupeilen. (Siehe Anhang C, ↑*Duellrapier*.)

Ehe das Fest beginnt, können die SCs in Interaktion mit folgenden Personen treten:

- **Musikanten und Gaukler** bilden die geselligste Gruppe auf dem Fest und können sich als wertvolle Verbündete erweisen. Als Außenseiter der Gesellschaft bilden sie untereinander eine verschworene Gemeinschaft und werden einem der Ihren, der Ärger mit dem Adel bekommt, bereitwillig den Rücken freihalten. Ein SC, der selbst als Musikant oder Gaukler auftritt, kann von ihnen durchaus einen Gefallen erbitten wie ein Ablenkungsmanöver oder ein Versteck auf der Flucht. Allerdings sind auch die Fahrenden nicht scharf auf ernsthaften Ärger mit ihrem Gastgeber und werden keine Unterstützung bei offensichtlichen Straftaten bieten – wie etwa Einbruch, Raub oder gar Handgreiflichkeiten gegen Festgäste und Burgbewohner. Einen SC, der so weit geht, werden auch die Gaukler nicht länger decken, sondern ihn im Gegenteil der Burgwache ausliefern. (Kampfwerte: Siehe ↑*Fahrende*.)

- Auch die **Bediensteten der Burg** eignen sich als Verbündete, jedoch in geringerem Maße als die Musikanten. Gehilfen von außerhalb bleiben hier Außenseiter und müssen sich schon etwas anstrengen, um sich beim Gesinde Freunde zu machen. Die Bediensteten betrachten die Burg als ihr Zuhause und haben daher eine starke Neigung, ihr Revier vor Eindringlingen zu schützen. Auch mag mancher von ihnen über den Grafen und seine Familie murren, aber im Großen und Ganzen ist die Dienerschaft ihrem Herrn loyal. Ein SC, der sich Ärger eingehandelt hat und vor den Wachen flieht, muss sich schon sehr beliebt gemacht haben und eine gute Ausrede parat haben, um von einer Magd oder einem Knecht der Burg schnell in einem Schrank versteckt zu werden.

- **Radbur und seine Wachen** sorgen für die Sicherheit auf dem Fest. Regulär besteht Radburs Auftrag in der Abwehr von Spionen, Attentätern u. ä.; aber natürlich ist Radbur in eigener Sache auch auf der Hut vor Eindringlingen, die hinter „seinem" Rapier her sein könnten. In erster Linie wappnet er sich gegen die Mächtigen des Verwunschenen Landes, allen voran die Hexe, seine eigene Auftraggeberin als Spion.

Für seinen offiziellen Auftrag hat Radbur einige ↑*Höflinge* als Wachen unter seinem Kommando. Was allerdings das Rapier betrifft, muss er vorsichtig sein, dass sein Vater nichts von seinem doppelten Spiel mitbekommt. Aus diesem Grund hat er hierzu niemanden eingeweiht, der sich am Abend des Balls auf der Burg befindet.

Wenn die SCs im Vorfeld des Balls die Burg durchstreifen, würfle bei jedem Wechsel von Gebäude zu Gebäude bzw. in den Hof mit einem W6; bei einer 6 befindet sich Radbur am selben Ort. Wenn er die SCs in Szene 4 gesehen hat, wird er ihre Gesichter wiedererkennen, es sei denn, sie tauchen schnell genug in der Menge unter. (HEROEN: Vgld. EW(Benehmen):Am zwischen den SCs und Radbur; MIDGARD: EW:*Beschatten* für Radbur zum Entdecken, anschließend für die SCs zum Untertauchen.) In diesem Fall wird er nicht sofort etwas unternehmen, aber die SCs als „gefährliche Eindringlinge" seinen Wachen melden. Die SCs können danach nicht länger unbeobachtet umherschleichen und werden, sobald sie etwas Verdächtiges tun, ergriffen und in den Kerker geworfen.

Allerdings kann sich eine Begegnung mit Radbur auch günstig für die SCs auswirken: Trägt ein SC Esligars Rapier offen sichtbar bei sich, dann wird der Grafensohn die auffällige Waffe wiedererkennen und naheliegenderweise für seine eigene halten. Seine darauf folgende Kurzschlusshandlung führt geradewegs zu **Szene 13**.

Was immer die SCs mit ihrer Zeit anfangen: Um nicht doch noch Verdacht auf sich zu ziehen, sollten sie sich bis spätestens eine Stunde vor Beginn des Maskenballs dort gemeldet haben, wo sie offiziell sein sollten. (Musiker in der Festhalle, Gehilfen in der Küche usw.) Unmittelbar vor Beginn des Festes legen alle in der Burg – auch die Bediensteten und somit insbesondere die SCs – ihre Kostüme an. Wenn sie Radbur dabei beobachten, können die SCs ihn auch während des Balls weiterhin identifizieren (und dieses Wissen natürlich an andere SCs weitergeben, die sich auf anderem Wege in die Burg begeben, vgl. Szene 10 und 11).

Nachbetrachtung

▷ Wenn die hier beteiligten SCs es geschafft haben, die Lage der Geheimtür in Erfahrung zu bringen, können sie sich dorthin begeben. In diesem Fall geht es weiter bei **Szene 14**.

▷ Wissen die SCs noch nicht, wo sie die Geheimtür finden, oder wollen sie noch nichts unternehmen, dann sind als nächstes diejenigen SCs an der Reihe, die als geladene Gäste kommen; weiter bei **Szene 10**.

▷ Wenn keine SCs als geladene Gäste kommen, aber welche heimlich in die Burg eindringen, geht es nun mit diesen weiter bei **Szene 11**.

▷ Haben sich von vornherein *alle* SCs als Musikanten, Gaukler oder Gehilfen der Dienerschaft eingeschlichen, sodass die Gruppe schon komplett ist, dann beginnt nun der eigentliche Ball bei **Szene 12**.

Szene 10: Einlass der Gäste

Weit auseinandergezogen in kleinen, farbenfrohen Grüppchen steigen die Festgäste den Burgweg empor. Schon überstrahlen die blakenden Fackeln am Tor den letzten Rest schwindenden Tageslichts. Wie aus Gold wirken in ihrem Schein die Helme und Kettenhemden der beiden Torwachen, deren Kostümierung sich darauf beschränkt, zu den Rüstungen schlichte Halbmasken zu tragen. Mit einer Verneigung winken sie euch herein und auf die Festhalle zu, hinter deren offener Tür rötlicher Widerschein die Wärme eines Feuers verheißt.

Auf dem Weg vom Burgtor zur Festhalle haben die SCs Gelegenheit, die Ankunft von ↑*Temail* zu bemerken. Jeder Spieler führt bei der Überquerung des Hofes zwei Würfe aus: Einen für seine gewöhnlichen Sinne (HEROEN: 3 Erfolge auf EW(Entdeckung):Am; MIDGARD: Gelungener EW:*Wahrnehmung*) und einen für übersinnliches Gespür (HEROEN: 1 Erfolg auf EW(Zw. Gesicht):Zb; MIDGARD: Gelungener PW:Zt).

Gelingt der Wurf für die gewöhnlichen Sinne, dann kann der betreffende SC vor dem Hintergrund der dunklen Wolken verschwommen einen Umriss ausmachen, der auf das Dach der Festhalle niedergeht. Es könnte sich um eine Gestalt mit einem wehenden Umhang handeln, aber auch einfach um einen ungewöhnlich großen Vogel. Gelingt allerdings zusätzlich der Wurf für das übersinnliche Gespür, dann ist sich der SC sicher: Dies ist kein Vogel. In diesem Fall geht die Beobachtung mit einer Gänsehaut, Kribbeln im Nacken o. ä. einher.

Als Luftelementar verschafft sich Temail Zutritt zur Festhalle durch eins der hochgelegenen Fenster, die tagsüber dazu dienen, Licht in die Halle zu lassen. Falls die SCs der Sache sofort nachgehen wollen und von ihrem Weg zum Eingang der Festhalle abweichen, werden sie von einer der ↑*Burgwachen* angerufen, die auf dem Wehrgang Streife laufen: „Heda! Wohin wollt ihr?" Sofern sie dem Wächter ihre Beobachtung mitteilen und dabei überzeugend genug wirken, wird er ihnen mit hörbarem Unbehagen zurufen, sie sollten in der Festhalle sofort Hauptmann Radbur darüber unterrichten. („Ihr erkennt ihn am Kostüm als Tod im roten Gewand.") Aber auch wenn er ihnen nicht glaubt, wird er sie auffordern, nicht herumzuwandern, sondern sich direkt in die Halle zu begeben.

An der Tür der Festhalle wartet ein Herold, um alle Neuankömmlinge zunächst nach ihren Namen zu fragen. Auch er ist kostümiert (als grellbunt gekleideter Narr), trägt aber als Zeichen seiner Amtswürde den Heroldsstab. Da Radbur für die Sicherheit des Festes verantwortlich ist, hält er sich in der Nähe, um jeden Neuankömmling ins Auge zu fassen. Wie die Gäste, ist auch er kostümiert (Totenschädelmaske und enganliegendes, rotes Gewand) und steht unauffällig bei einem Grüppchen von Festgästen. Ein SC muss schon sehr aufmerksam sein, um Radburs Musterung zu bemerken. (HEROEN: 3 Erfolge auf EW(Benehmen):Am; MIDGARD: Gelungener PW:In mit WM+30.)

- Sofern sich kein SC vordrängelt, übernimmt die Vorstellung beim Herold Esligar. Der Eintritt in die Halle verläuft dann reibungslos.

- Kommen die SCs getrennt von Esligar an, dann sollten ihnen ebenfalls keine Probleme entstehen, sofern sie in Absprache mit dem Gelehrten zum Fest gehen. Haben sie ihre Namen allerdings nicht von ihm auf die Gästeliste setzen lassen, dann wird der Herold nach ihrer Vorstellung innehalten und ein zweites Mal nach den Namen fragen. Sofern die SCs nicht mit einer *sehr* überzeugenden Ausrede aufwarten können, wird der Herold zwei kostümierte ↑*Höflinge* heranwinken und sie auffordern, die „ungeladenen Gäste" wieder hinauszugeleiten. Sollten die SCs sich gewaltsam Zutritt verschaffen wollen, werden sie sehr schnell feststellen, dass die Mehrheit der Festgäste dem Kämpferadel ihres Landes entstammt und sowohl bereit als auch fähig ist, dem Gastgeber gegen ein paar unverschämte Eindringlinge beizustehen.

Da die SCs als Festgäste Masken tragen, sollte zunächst keine Gefahr bestehen, dass Radbur sie wiedererkennt, selbst wenn sie ihn in Szene 4 konfrontiert haben. Wenn allerdings einer der SCs Esligars Elbenrapier offen am Gürtel trägt, so wird dies Radbur bei seiner Musterung mit Sicherheit auffallen. Er wird sich daraufhin nach kurzer Zeit abwenden, um nach dem Rapier in seinem Geheimversteck zu sehen. SCs, die bereits wissen, auf welchen Kostümierten sie achten, fällt dies dann automatisch auf. Ansonsten ist ein Wurf fällig, um das sonderbare Verhalten des Beobachters zu bemerken. (HEROEN: 2 Erfolge auf EW(Benehmen):Am; MIDGARD: Gelungener PW:In.)

Nachbetrachtung

▷ Läuft Radbur zur Geheimtür und haben die SCs es bemerkt, dann können sie ihm folgen; wenn sie das tun, geht es weiter bei **Szene 13**.

▷ Warten die SCs noch auf Kameraden, die heimlich in die Burg einbrechen wollten, dann blendet ihr jetzt mit **Szene 11** zu diesen über.

▷ Ist die Gruppe komplett und hat die Geheimtür noch nicht ausfindig gemacht, dann beginnt nun der Ball bei **Szene 12**.

Szene 11: Einbruch in die Burg

Endlich senkt sich Dunkelheit über den Burgweg. Die Stadt unten im Tal ist nur mehr ein unförmiger Schatten, gespickt mit den erhellten Vierecken einzelner Fenster. Gelegentlich trägt der klamme Wind eine Ahnung von Musik oder Gelächter herauf, Boten des Feiertags, wie er beim einfachen Volk begangen wird.

Über euch, kaum erkennbar in der Finsternis, ragt die Burgmauer einem sternlosen Himmel entgegen. Ihr seht kaum die eigene Hand vor Augen – ideale Bedingungen, um selbst nicht gesehen zu werden.

Diese Szene kommt nur dann zum Einsatz, wenn einer oder mehrere SCs beschlossen haben, die offiziellen Wege zum Ball zu umgehen und stattdessen heimlich in die Burg einzubrechen.

In diesem Fall wird es ihnen nicht erspart bleiben, über die Mauer zu klettern. Bei HEROEN erfordert dies insgesamt 8 Erfolge in einer *Serie* von EW(Klettern):Gw; bei MIDGARD zählt die Burgmauer für die fälligen EW:*Klettern* als „Wand mit einigen Ritzen", *trocken* und es ist ein Höhenunterschied von 8m zu bewältigen. Sobald ein SC oben ist, kann er für die anderen Seile herablassen, sodass ihnen die Kletterwürfe erspart bleiben.

Während der Feier laufen zwei Patrouillen zu je 2 ↑*Burgwachen* auf dem Wehrgang Streife. Die Zeitabstände, in denen jeder Punkt jeweils von einer Patrouille passiert wird, betragen 10min. Sofern die SCs nicht von vornherein auf die Schritte und Gespräche der Wachen gelauscht haben und einen günstigen Moment abpassen, besteht die Gefahr, zufällig von ihnen entdeckt zu werden. (HEROEN: 2, 3 oder 12 auf 2W6; MIDGARD: 10%.) In diesem Fall geben die Wachen mit Hornsignalen Alarm, ehe sie angreifen. Auf das Signal werden dann auch ↑*Höflinge* reagieren, die als verkleidete Gäste auf dem Fest für die Sicherheit sorgen. Wenn den SCs nicht schnell genug wieder die Flucht die Mauer hinab gelingt, bekommen sie es auf diese Weise mit 4 Burgwachen und 4 Höflingen zu tun. Sollten sich die SCs selbst gegen eine solche Übermacht als zu stark erweisen, wird ein weiteres Hornsignal das Fest unterbrechen und die gesamte Burgbesatzung mitsamt Gästen alarmieren.

Die gleiche Eskalationskette wird in Gang gesetzt, wenn sich die SCs beim Eindringen allzu ungeschickt anstellen; sollten sie z. B. nach Verlassen des Wehrgangs einfach quer über den Hof auf die Festhalle zuhalten, dann wird es den Argwohn beider Patrouillen und der Torwachen erregen, unangekündigt Gestalten auf dem Hof zu sehen. Nach erstmaligem Anrufen („Wer da?") folgt in diesem Fall entweder eine *sehr* überzeugende Ausrede der SCs oder das Hornsignal der Wache.

Gute Chancen, um unentdeckt zu bleiben, haben die SCs, wenn sie sich im Hof dicht an den Mauern halten. In diesem Fall genügt bei HEROEN 1 Erfolg auf

EW(Entdeckung):Gw, bei MIDGARD ein gelungener EW:*Schleichen* mit WM+4, um von einer beliebigen Stelle am Rand des Hofes unbemerkt zu einer anderen zu gelangen. Führen die SCs das Rapier bei sich, dann können sie auf diese Weise eine Peilung riskieren (Siehe Anhang C, ↑*Duellrapier*). Ansonsten sind sie gut beraten, nur ein einziges Mal zu schleichen, nämlich von der Burgmauer zum Eingang der Festhalle.

Nachbetrachtung

▷ Sind die SCs erfolgreich in die Burg eingedrungen, dann können sie nun ihre Kostüme überwerfen und sich bei **Szene 12** in den Trubel des Balls mischen.

▷ Wurden die SCs entdeckt, konnten aber fliehen, dann nehmen sie in der Nacht des Balls nicht länger aktiv am Geschehen teil. Es liegt dann allein an ihren Kameraden, die dem Ball als Gehilfen oder Gäste beiwohnen, das Szenario zu bewältigen. Auch in diesem Fall geht es also weiter mit **Szene 12**, allerdings ohne die verhinderten Einbrecher.

▷ Wurden die SCs gefangengenommen, dann sind sie ebenfalls bis auf Weiteres vom aktiven Geschehen ausgeschlossen. Im Anschluss an den Ball erlebt diese Teilgruppe dann auf jeden Fall **Szene 16**, selbst wenn ihre Kameraden Erfolg hatten.

Szene 12: Der Ball

Stockend leiert Graf Aendbur seine Rede herunter, gelegentlich durch ein ge-
flüstertes Wort seines Herolds an seinen Text erinnert. Nach einer gefühlten
Ewigkeit erhebt er den Kelch zu einem Trinkspruch auf den Feiertag, der überall
entlang der U-förmigen Tafel aus vollen Kehlen erwidert wird. Gleich darauf
setzen Fiedel, Schellen und Sackpfeifen ein und zwei Diener, kostümiert wie
jeder andere auch im Saal, bringen feierlich auf einer Trage den Mastochsen
herein. Das Fest ist eröffnet und die grellbunte Menge flutet das Parkett, um
sich mit gewetzten Messern auf den Braten zu stürzen.

Diese Szene wird in erster Linie von drei handelnden Parteien voran getrieben:
↑*Radbur*, ↑*Temail* und den SCs.

Radbur: Falls er in Szene 4 bereits SCs begegnet ist und diese in Szene 9
wiedergesehen hat, ist er auf der Hut und lässt die SCs von seinen Leuten beobachten. Sobald die SCs der Geheimtür nahekommen oder ihm irgendeinen
Vorwand bieten, indem sie den Frieden des Festes stören, wird er zugreifen –
oder es zumindest versuchen. Radbur rechnet nicht mit Temail, der ggf. eingreifen und Radbur und seine Leute beschäftigt halten wird (s. u.).

Wenn Radbur die SCs nicht kennt oder nicht weiß, dass sie sich auf dem
Fest befinden, wird er nur die üblichen Sicherheitsvorkehrungen walten lassen.
Um etwa trotz des wachsamen Blickes seiner Leute zur Geheimtür zu gelangen,
genügt es in diesem Fall, wenn sich die SCs in Paaren unterschiedlichen Geschlechts ins Gästehaus zurückziehen (ggf. zusammen mit einem echten Flirt –
immerhin ist es ein Fest).

Als Verantwortlicher für die Sicherheit des Festes hat er 4 ↑*Höflinge* unter seinem Kommando, die sich mit dem Feiern zurückhalten, wenig trinken
und aufmerksam bleiben, auch wenn sie mit anderen Festgästen Konversation
betreiben. Gibt Radbur ihnen diskrete Zeichen, dann stehen ihm somit diese

Helfer zur Verfügung (die natürlich auch einander und Radbur im Auge behalten, sodass sie nicht einzeln aus dem Verkehr gezogen werden können). Sollte er mehr Hilfe brauchen, dann wird sich Radbur die Maske vom Gesicht reißen und laut rufend auf einen Tisch springen; in diesem Fall steht ihm praktisch die gesamte Festgesellschaft als Verstärkung zur Seite.

Die SCs: Wenn sie auf verschiedenen Wegen in die Festhalle gelangt sind (Szene 9 als Gehilfen oder Musikanten, Szene 10 als Gäste, Szene 11 als Einbrecher), stellt das bunte Treiben aus kostümierten Gästen die ideale Gelegenheit dar, sich unauffällig wieder zu einer Gruppe zusammenzufinden und alle bisherigen Erkenntnisse austauschen:

- Haben die Gehilfen/Musikanten oder die Gäste es geschafft, Radbur aus der Reserve zu locken und zur Geheimtür oder gar zum Versteck des Rapiers zu verfolgen (vgl. Szene 13), dann können die SCs unverzüglich zur Tat schreiten und das Rapier holen. In diesem Fall müssen sie sich nur diskret aus der Festgesellschaft zurückziehen, um bei **Szene 15** weiterzumachen.

- Wenn die Gehilfen oder die Einbrecher zumindest schon eine Peilung vorgenommen haben (vgl. Anhang C, ↑*Duellrapier*), dann kommt nun Esligars Ortskenntnis über die Burg ins Spiel. Anhand der Angabe „unter dem östlichen Turm" kann der Gelehrte darauf schließen, dass sich das Rapier irgendwo im Fluchtgang befinden muss. Daraufhin wird er die SCs zur Kemenate des Gästehauses schicken: „Von dort aus existiert ein Zugang zum geheimen Gangsystem. Die genaue Lage und den Öffnungsmechanismus der Geheimtür kenne ich leider nicht; das müsst ihr selbst herausfinden." Weiter geht es dann mit **Szene 14**.

- Haben die SCs weder das eine noch das andere bisher erreicht, dann wird es nun schwierig. Eine genaue Peilung allein von der Festhalle aus ist nicht machbar; um die Position des Rapiers eindeutig unter dem Ostturm zu bestimmen, ist zusätzlich mindestens eine Prüfung vom Hof oder vom Wirtschaftsgebäude aus nötig. Es bleibt dem Einfallsreichtum der SCs überlassen, wie sie sich dorthin begeben wollen, ohne Radburs Argwohn oder den der Burgwachen zu wecken.

  Wenn die SCs freilich nun, während des Festes, auf die Idee kommen, Radbur aus der Reserve zu locken, indem sie sich von ihm mit Esligars Rapier sehen lassen, wird er entsprechend reagieren und beunruhigt nach dem Versteck sehen – weiter bei **Szene 13**.

Offen bleibt die Frage, wie die SCs mit Temail umgehen. Wenn sie in Szene 10 seine Ankunft beobachtet haben, werden sie möglicherweise ihre Pläne umwerfen und sich zuerst um dieses „Unbekannte" kümmern, da es sich als bedrohlich erweisen könnte. Falls sie Esligar danach fragen, wer für die magische Sicherung der Burg zuständig ist, wird er etwas betreten antworten: „Ich." Außer ihm und den SCs gibt es auf dem Fest niemanden, der sich dieser neuen Situation annehmen könnte.

- Wie bedrohlich Esligar und die SCs den unbekannten Eindringling einschätzen, hängt stark davon ab, was sie untereinander besprechen. Falls sie gemeinsam zu dem Schluss kommen, dass diese Bedrohung von außen Vorrang vor dem Zwist mit Radbur hat, wird Esligar ihn einweihen. Das weitere Fest wird dann von der Suche nach Temail beherrscht werden, an der sich Esligar nach Kräften beteiligt. Vielleicht tun es auch die SCs, möglicherweise nutzen sie auch die entstehende Verwirrung, um das Rapier anzupeilen oder (falls sie das vorher schon getan haben) die Geheimtür zu suchen. Auch in diesem Fall sind sie natürlich auf Esligars Wissen über die Burg angewiesen, um Szene 14 in Angriff nehmen zu können.

Bei alledem ist natürlich nicht auszuschließen, dass der eine oder andere SC einfach das Fest genießt, sich an den köstlichen Speisen und Getränken labt oder ein Tänzchen wagt. Unter den Festgästen befinden sich genug junge, attraktive Leute beiderlei Geschlechts, um einen angenehmen Flirt anzufangen. Kontakte unter den Festgästen zu knüpfen, kann den SCs natürlich auch bei der Bewältigung ihrer Queste hilfreich sein; in diesem Fall sollten aber die Spieler mit konkreten Ideen aufwarten und klar kommunizieren, nach welchen Kriterien sie zu diesem Zweck geeignete Personen unter den Gästen aussuchen.

Temail: Sollten die SCs nichts gegen den unheimlichen Besucher unternehmen, dann wird dieser sich unauffällig der Gruppe an die Fersen hängen. Einem sehr aufmerksamen Beobachter (HEROEN: 4 Erfolge auf EW(Benehmen):Am; MIDGARD: Gelungener PW:In mit WM+40) wird dann nach einer Weile ein Festgast auffallen, der stets in der Nähe der SCs bleibt, sich an keinem Gespräch mit anderen Festgästen beteiligt, nicht tanzt, nichts isst und nichts trinkt; er trägt ein weites, nachtblaues Gewand, einen breitkrempigen Hut und eine nahezu konturlose, schlichte, weiße Maske. Auch wenn niemand diese Gestalt bemerkt, fühlt sich ein SC „belauert", wenn ihm ein Wurf für sein magisches Gespür gelingt. (HEROEN: 2 Erfolge auf EW(Zw. Gesicht):Zb; MIDGARD: Gelungener PW:Zt.) Gelingen sogar beide Würfe, dann sieht der betreffende SC die Gestalt *und* ordnet sie anhand seines Bauchgefühls als „nicht menschlich" ein.

Treten die SCs mit ihrer Suche nach Radburs verborgenem Rapier auf der Stelle, dann wird sich Temail (kostümiert wie oben beschrieben) dem SC mit

Esligars Rapier nähern und ihm zuraunen: „Lass den rot gewandeten Tod dein Rapier sehen." Befolgt der SC den Rat, dann führt dies zu **Szene 13**.

Ziehen die SCs Radburs Argwohn auf sich, dann hat Temail Mittel und Wege, die Aufmerksamkeit des Wachhauptmanns wieder von ihnen abzulenken. So kann er z. B. mithilfe eines Illusionszaubers (HEROEN: TRUG; MIDGARD: *Erscheinungen*) vorgaukeln, durch Funkenflug aus dem Kaminfeuer habe sich ein naher Tisch entzündet. Wenn den SCs diese Ablenkung allein nicht genügt, wird sich Temail danach in der allgemeinen Verwirrung einzeln an Radburs Leute anpirschen, um sie mithilfe seiner Fähigkeit der **Luftleere** zu betäuben; die Bewusstlosen lässt er dann liegen, damit sie zusätzliche Aufmerksamkeit auf sich ziehen. („Heiler! Wir brauchen einen Heiler!")

Fühle dich als SL frei, weitere Ablenkungen und Angriffe von Temails Seite zu improvisieren. Schöpfe zu diesem Zweck Temails magische Fähigkeiten aus (vgl. Anhang A, ↑*Temail*). Behalte aber dabei im Hinterkopf, dass er außer zur Selbstverteidigung niemanden töten wird! Vergiss außerdem nicht die Reaktionen des Hofstaats: Radbur, Esligar und auch Graf Aendbur selbst werden nicht tatenlos bleiben, sondern ab einem bestimmten Punkt den Saal räumen lassen. (Graf Aendbur wird Temails Treiben deutlich eher durchschauen als jeder andere, seine Tarnung als gutmütiger Einfaltspinsel aber aufrecht erhalten. Nur, wenn die Lage für seine Burg oder ihn selbst bedrohlich werden sollte, wird er seine magischen Fähigkeiten ausspielen – allerdings möglichst so, dass niemand ihn als Ursache der entsprechenden Zauber erkennt.)

Nachbetrachtung

▷ Wenn die SCs schon vor Anfang des Balls Szene 13 durchlaufen haben, das Rapier aber noch nicht an sich gebracht haben, dann können sie dies nun in einem geeigneten Moment nachholen; weiter bei **Szene 15**.

▷ Wenn die SCs erst während des Balls Radbur mit dem Anblick von Esligars Rapier aus der Reserve locken, führt dies weiter zu **Szene 13**.

▷ Haben die SCs das Rapier erfolgreich angepeilt und Esligars Rat wegen der Räumlichkeiten eingeholt, geht es in **Szene 14** weiter mit der Suche nach der Geheimtür.

▷ Wenn die SCs trotz Temails Schützenhilfe von Radbur festgesetzt werden, endet für sie das Abenteuer in **Szene 16**.

▷ Wenn das Fest darin mündet, dass sich die SCs mit Radbur zusammentun und gemeinsam Temail abwehren, endet das Abenteuer nach dem Ball in **Szene 17**.

Szene 13: Auf Radburs Spuren

Als Radburs Blick auf das Rapier an deinem Gürtel fällt, erstarrt er. Du merkst ihm die Beherrschung an, die es ihm abverlangt, gemächlich weiter durch das muntere Treiben zu schlendern, anstatt sich eilig hindurchzuwühlen. Mit erzwungener Ruhe strebt er zu einer offen stehenden Seitentür, hinter der es offenbar in einen schummrig beleuchteten Korridor geht.

Kaum hat er sie jedoch durchschritten und wähnt sich allein, fällt jede Zurückhaltung von ihm ab. Fast im Laufschritt hastet er den Korridor entlang, tiefer in die Burg hinein ...

Vorbedingungen: Zu dieser Szene kommt es, wenn die SCs Esligars Rapier sichtbar bei sich tragen und dabei Radbur begegnen. Tun sie dies vor Beginn des Balls (Szene 9), dann ist Radbur noch normal gekleidet; SCs, die ihn schon zuvor in Szene 4 beobachtet haben, werden ihn daher mühelos wiedererkennen und können ihn verfolgen.

Wenn sie ihm das Rapier jedoch nach Beginn des Balls zeigen (Szene 10 bzw. 12), müssen sie zusätzlich Radburs Kostümierung durchschauen (Totenschädelmaske und enganliegendes, rotes Gewand). Sofern sie diese nicht vorher schon in Erfahrung gebracht haben, können die SCs nur mithilfe guter Beobachtungsgabe auf sein sonderbares Verhalten aufmerksam werden (HEROEN: 2 Erfolge auf EW(Menschenk.): Am; MIDGARD: Gelungener EW:*Menschenkenntnis*); ansonsten erscheint Radbur nur als einer von vielen Kostümierten in der Menge.

Hintergrundinformationen: Beim Anblick von etwas, das wie „sein" Rapier aussieht, verliert Radbur die Fassung. Ehe er etwas anderes unternimmt, läuft er zur Geheimtür in der ↑*Kemenate*, öffnet sie und sieht im Versteck der Waffe nach dem Rechten. Sofern die SCs sich geschickt anstellen, können sie ihn dabei verfolgen und so Lage und Öffnungsmechanismus der Geheimtür ausfindig machen (vgl. Szene 14). Wieviel sie in Erfahrung bringen, hängt dann auch davon ab, wie weit sie ihm folgen:

- Brechen sie die Verfolgung ab, sobald sie ihn die Kemenate betreten sehen, dann kennen sie zumindest das Zimmer als Ausgangspunkt für die weitere Suche. Esligar kann in diesem Fall das Wissen beisteuern, dass von diesem Raum eine Geheimtür abzweigt (auch wenn er leider nicht weiß, wo sie ist und wie man sie öffnet).

- Öffnen sie hinter Radbur die Tür der Kemenate, dann kann der vorderste SC beobachten, wie Radbur den Stein im Kaminsims herabdrückt und danach den Wandschrank betritt. Allerdings schließt Radbur die Tür des Wandschranks hinter sich, sodass die Spieler die eigentliche Geheimtür nicht offen zu Gesicht bekommen. Dennoch kennen sie nun Lage und Öffnungsmechanismus der Geheimtür und können zu einem beliebigen späteren Zeitpunkt von diesem Wissen Gebrauch machen. Insbesondere können sie nun Radburs Verfolgung abbrechen und seine Rückkehr ins Treiben des Balls abwarten, bevor sie selbst das geheime Gangsystem betreten.

- Folgen sie Radbur auf dem Fuße, dann finden sie im Wandschrank zunächst nur dessen Rückwand vor; Radbur hat die Geheimtür hinter sich wieder geschlossen. Um sie zu öffnen, muss erneut der Stein im Kaminsims betätigt werden. Auch das entriegelt die Tür nur: Damit sie sich danach tatsächlich öffnet, muss jemand davor drücken. In diesem Fall betreten die SCs unmittelbar hinter Radbur das geheime Gangsystem.

Die Verfolgung kann auch zu einer Konfrontation führen. Zum einen können die SCs von selbst auf die Idee kommen, Radbur jetzt anzugreifen, da er allein ist; zum anderen besteht in der Kemenate die Gefahr, dass Radbur den Beobachter an der Zimmertür bemerkt, wenn diesem ein entsprechender Wurf misslingt. (HEROEN: Standardsituation *Schleichen/Verbergen*; MIDGARD: EW:*Schleichen*.)

Auf welche Weise auch immer: Wenn es zur Konfrontation kommt, wird Radbur angesichts einer Übermacht den Kampf zu vermeiden suchen. Zwar zieht er sein Schwert, doch wird er sich gelassen geben und bluffen, wieviele Wachen er herbeirufen könnte (was er nicht tun wird, denn dann würde sein falsches Spiel um das Rapier auffliegen); er wird sich großzügig geben und den SCs „Gelegenheit zum Abzug bieten", wenn sie „wissen, dass Schweigen gut für sie ist"; eventuell lässt er sich auf Verhandlungen ein, falls die SCs vernünftige Argumente für eine Zusammenarbeit aufbieten.

- Sollten sich die SCs und Radbur gütlich einigen, dann greift ↑*Temail* an. Radbur gegenüber wird er den Eindruck erwecken, zu den SCs zu gehören, denen er nach Möglichkeit in den Rücken fällt. Temail verfolgt dann das Ziel, allen seinen Gegnern mithilfe seiner Fähigkeit der **Luftleere** das Bewusstsein zu rauben und allein durch den Geheimgang zum Versteck des Rapiers vorzudringen.

- Kommt es jedoch zum Kampf zwischen den SCs und Radbur, dann stehen die SCs danach unter Zeitdruck. Es ist davon auszugehen, dass sie durch pure zahlenmäßige Übermacht Radbur besiegen werden; doch wenn sie ihn aus dem Verkehr ziehen (töten, bewusstlos schlagen, gefesselt liegenlassen o. ä.), wird seine Abwesenheit auf dem Fest bald von seinen Leuten bemerkt. Ist Hauptmann Radbur eine halbe Stunde lang unauffindbar, dann ertönt ein Signalhorn und sämtliche wehrfähigen Männer in der Burg werden zu den Waffen gerufen. Das Tor und sämtliche Zwischentüren werden ab da scharf bewacht und Patrouillen durchkämmen die Burg auf der Suche nach ihrem Hauptmann und eventuellen Eindringlingen.

Alles in allem ist es für die SCs die sinnvollste Alternative, Radbur lediglich zu beobachten, eine Begegnung zu vermeiden und ihn, nachdem er nach seinem kostbaren Rapier gesehen hat, unbehelligt auf das Fest zurückkehren zu lassen.

Nachbetrachtung

▷ Schlüpfen die SCs gleich hinter Radbur durch die Geheimtür, dann finden sie sich in **Szene 15** wieder.

▷ Wenn die SCs Radbur nur bis in die Kemenate verfolgen, geht es mit **Szene 14** weiter.

▷ Brechen sie die Verfolgung noch vor der Geheimtür in der Kemenate ab, dann geht es, sofern der Ball noch nicht begonnen hat, weiter in **Szene 9**; läuft der Ball schon, dann weiter bei **Szene 12**.

Szene 14: Die Geheimtür

Ihr betretet eine geräumige Kammer, beherrscht von einem wuchtigen Kamin und einem Himmelbett. In der Weitläufigkeit des Zimmers verteilen sich einige Schemel und ein kleiner Tisch. Schwere Vorhänge verhüllen eine augenscheinlich sehr breite Fensternische. Ein Wandschrank und mehrere Truhen bieten genug Stauraum, um die Garderobe einer hochrangigen Edeldame aufzunehmen.

Vorbedingungen: Schauplatz dieser Szene ist die ↑*Kemenate* des Gästehauses. Für die SCs gibt es zwei Möglichkeiten, auf dieses Zimmer aufmerksam zu werden: Entweder, indem sie sich vor Radburs Augen mit Esligars Rapier sehen lassen und ihn dann hierher verfolgen (vgl. Szene 13); oder indem sie Radburs Rapier erfolgreich anpeilen und dann von Esligar hierher verwiesen werden mit dem Hinweis, hier befände sich ein Zugang zum geheimen Gangsystem der Burg.

Hintergrundinformationen: Um systematisch nach der Geheimtür zu suchen, können sich ihr die SCs auf zwei Wegen nähern: Über die Tür selbst (im Wandschrank) oder über den Öffnungsmechanismus (im Kaminsims).

- Ein SC, der vor die hölzerne Rückwand des Wandschranks klopft, stellt ohne Schwierigkeiten fest, dass es dort hohl klingt. Um allerdings durch systematisches Klopfen Einzelheiten herauszufinden wie z. B. die Position des verborgenen Schlosses, sind spezielle Fertigkeiten erforderlich. (HEROEN: 3 Erfolge auf EW(Handwerk):Am; MIDGARD: Gelungener EW: *Geheimmechanismen öffnen*.) Ein SC, dem der entsprechende Wurf gelingt, kann auf diese Weise die Hebelmechanik ausfindig machen und zu dem Stein im Kaminsims verfolgen.

- Untersuchen die SCs zuerst den Kamin, dann kommt es auch hier auf das passende Fachwissen an. (HEROEN: Kenntnis ⊠ Architektur, 3 Erfolge auf EW(Kunst):Am; MIDGARD: Berufsfertigkeit *Baumeister* oder *Steinmetz*, gelungener PW:In.) Bei Gelingen des Wurfs fallen dem SC an dem Stein, unter dem die Hebelmechanik endet, Verfärbungen und Kratzspuren vom Gebrauch auf. Kommt ein SC auf die Idee, diesen Stein herunterzudrücken, dann entriegelt sich im Wandschrank die Geheimtür; dies kann jeder SC hören, dem ein entsprechender Wurf gelingt. (HEROEN: 3 Erfolge auf EW(Entdeckung):Am; MIDGARD: Gelungener EW:*Horchen*.)

Kommen die SCs auf völlig andere Ideen, um den Mechanismus und/oder die Geheimtür aufzuspüren, dann improvisiere und geh als SL darauf ein. Notfalls können sie auch darauf verzichten, den Mechanismus zu finden; wenn die SCs keinen besonderen Wert auf Diskretion legen, können sie die Rückwand des Wandschranks einfach einschlagen. (HEROEN: Haltbarkeit=4; MIDGARD: 10 Punkte Strukturschaden.) Im Lärm des Festes werden sie damit nicht sofort auffallen, aber spätestens am nächsten Tag wird der Schaden entdeckt. Graf Aendbur wird ihn dann zum Anlass nehmen, diesen speziellen Zugang zum geheimen Gangsystem zuzumauern (sodass die SCs ihn in eventuellen künftigen Spielsitzungen nicht mehr werden benutzen können).

Stehen die SCs ratlos in der Kemenate, dann kommt ihnen Temail zu Hilfe. Sofern er sich der Gruppe nicht schon im Ballsaal angeschlossen hat, betritt er nun hinter den SCs das Zimmer und eröffnet das Gespräch: „Vielleicht kann ich euch helfen." Charakteren mit gutem magischem Gespür wird seine nichtmenschliche Natur sofort auffallen. (HEROEN: 1 Erfolg auf EW(Zw. Gesicht):Zb; MIDGARD: Gelungener PW:Zt.)

Temail kann zumindest die Lage der Geheimtür offenbaren, nicht aber die des Öffnungsmechanismus'. Als Luftelementar verfügt er über einen Geruchssinn, der den eines Spürhundes übertrifft, sodass er Radburs Fährten zum Wandschrank hin mühelos verfolgen kann (sogar dann, wenn Radbur zuletzt vor drei Tagen hier war). Nach Möglichkeit wird er aber nur die SCs auf den Schrank hinweisen, zum Abklopfen der Rückwand raten etc., selbst jedoch nichts anfassen. Wenn die SCs misstrauisch werden und darauf bestehen, dass er eigenhändig den Schrank öffnet, schiebt sich zu diesem Zweck eine behandschuhte Hand unter dem Umhang hervor; besonders aufmerksame SCs haben in diesem Augenblick die Gelegenheit für einen Blick auf die leere Luft unter dem Umhang. (HEROEN: 2 Erfolge auf EW(Entdeckung):Am; MIDGARD: Erfolgreicher EW:*Wahrnehmung*.)

Greift die Gruppe Temail an, dann gehen die Kampfgeräusche im Lärm des Festes unter. Sofern nicht ein SC in den Ballsaal rennt, um Alarm zu schlagen, tragen Elementargeist und SCs den Kampf ungestört unter sich aus. Auch während des Kampfes wird Temail jede Atempause nutzen, um weiter mit den SCs zu reden und sie zu überzeugen, dass er kein Feind ist.

Nachbetrachtung

▷ Gelingt es den SCs, die Geheimtür zu finden und zu öffnen, dann geht es von hier aus weiter mit **Szene 15**.

▷ Scheitern die SCs an dieser Hürde, dann klingt der Ball zu Ende aus und das Abenteuer schließt mit **Szene 17**.

Szene 15: Das Versteck des Rapiers

Über hölzerne Stiegen geht es steil in die dunkle Tiefe hinab. In eurem Licht wirft jeder Mauervorsprung schwankende Schlagschatten, die den Schacht schon nach wenigen Schritten in völlige Schwärze tauchen.

Ihr seid überzeugt, euch schon unterhalb der Keller von Burg Alkron zu befinden, als euer Fuß endlich wieder soliden Boden berührt. Nun findet ihr euch in einem Gang wieder, der sich von eurem Standort aus in zwei Richtungen in die Schwärze windet ...

Die Wände des ↑*Gangsystems* sind teilweise gemauert, teilweise folgen sie natürlichen Spalten im Fels des Burghügels und wurden lediglich „in begehbare Form" gemeißelt. Die Gänge sind so schmal, dass keine zwei Personen nebeneinander hineinpassen; die SCs können nur hintereinander hindurchgehen.

Natürlich ist es vollkommen dunkel, abgesehen von dem Licht, das die SCs selbst mitbringen. (Fackeln, Kerzen, Lichtzauber ...) Der Weg ist nicht sonderlich kompliziert: Der „Sog" des Rapiers lotst die SCs nach Osten, einen Gang entlang, der unter den äußeren Befestigungen der Burg verläuft. Zweimal passieren sie Abzweige nach links (tiefer in die Burg hinein), die mit schweren Eisengittern gesichert sind. Der Öffnungsmechanismus ist nur von der anderen Seite bedienbar. Ein gewaltsamer Öffnungsversuch erfordert Werkzeuge, die den SCs in ihrer jetzigen Lage kaum zur Verfügung stehen dürften; sie haben also keine Chance, sich weiter in diese Richtung zu bewegen. Die Abzweige bieten aber die Gelegenheit, sich zu verbergen, sollte den SCs Radbur auf dem Rückweg vom Versteck entgegenkommen (vgl. Szene 13).

Der „Sog" führt die SCs schließlich vor ein Stück Mauer, das sich äußerlich in nichts von der Wand rechts und links daneben unterscheidet. Von rechts ist an dieser Stelle ein Luftzug spürbar, dessen Stärke ausreicht, um Kerzen zu löschen. (Sollte dies die einzige Beleuchtung der SCs sein, dann stehen sie dort unvermittelt im Dunkeln.) An dieser Stelle in der Mauer verbirgt sich eine Geheimtür: Stemmen sich 1–2 SCs an dieser Stelle mit genügend Kraft gegen die Wand (HEROEN: 9 oder mehr auf SW[St]; MIDGARD: Gelungener PW:St), dann schwenkt sie um eine Achse und enthüllt eine schmale Nische. Auf dem Boden im Inneren liegt in einer Lederscheide das elbische ↑*Duellrapier*, für das Radbur vor wenigen Nächten den Priester Gondalor ermordet hat.

Was nun geschieht, hängt von den bisherigen Begegnungen der SCs mit ↑*Temail* ab:

- Haben die SCs schon vorher gegen Temail gekämpft und ihn besiegt, dann können sie die Waffe einfach nehmen und gehen.

- Hat Temail sich den SCs angeschlossen und sie bis hierher begleitet, dann gibt er nun seine Verkleidung auf. Der Umhang sackt in sich zusammen, Maske und Hut fallen zu Boden. Nur einem sehr aufmerksamen SC fällt sofort auf, dass aus dem zusammenfallenden Kostüm ein Handschuh heraus- und in die Nische schwebt. (HEROEN: 2 Erfolge auf EW(Einzelkampf):Am; MIDGARD: Gelungener PW:RW mit WM+10.) Bei misslungenem Wurf bemerken die SCs den Handschuh erst, sobald er das Rapier aufhebt.

- Hatte Temail noch keinen Kontakt mit den SCs, dann hat er sie verfolgt. Zu diesem Zweck hat er sein Kostüm schon hinter der Geheimtür fallen gelassen und ist der Gruppe in seiner wahren Gestalt als „Lufthauch" hinterher geschwebt. Nur den Handschuh trägt er weiterhin, um das Rapier greifen zu können. Sobald die Geheimtür im Fels geöffnet ist (was er selbst nicht hätte leisten können), schlägt er zu.

Besteht die Beleuchtung der SCs aus Kerzen oder Fackeln, so wird Temail diese als erstes mit einem Luftzug auslöschen. (HEROEN: Zauber BOE; MIDGARD: Zauber *Windstoß*.) In diesem Fall findet der nachfolgende Kampf in völliger Dunkelheit statt.

Verfügen die SCs über Laternen oder magisches Licht, dann können sie deutlich den schwebenden, schwarzen Handschuh sehen, der auf das Rapier zuschnellt. Um Temails schemenhafte Luftgestalt zu erkennen, ist ein Wurf für magisches Gespür notwendig. (HEROEN: 1 Erfolg auf EW(Zw. Gesicht):Zb; MIDGARD: Gelungener PW:Zt.) Für Charaktere, denen dieses Wurf misslingt, gilt Temail als *unsichtbarer* Gegner, dessen Position allerdings von Handschuh und Rapier deutlich markiert wird.

In der nun folgenden Kampfszene legt es Temail ausschließlich darauf an, sich den Weg freizukämpfen und schnell zu entkommen; er hat kein Interesse daran, den SCs mehr zu schaden als unbedingt nötig. Da er selbst nur durch Zauber oder magische Waffen verwundet werden kann, wird er Gegner mit gewöhnlichen Waffen einfach ignorieren. Die beste Chance, ihn aufzuhalten, bietet folglich Esligars Rapier.

Der Ausweg, den Temail anstrebt, führt in die Richtung, aus der im Gang vor der Nische der Luftzug herbeiweht: Zum Keller des Ostturms und, von dort ausgehend, durch den Fluchtgang aus der Stadt heraus. Schafft er es an den SCs vorbei in diese Richtung, dann besteht dank seiner Flugfähigkeit keine Chance mehr, ihn aufzuhalten.

Wenn die SCs jedoch Temail besiegen (oder ihn schon vorher besiegt hatten, sodass er in dieser Szene überhaupt keine Rolle spielte), dann können sie als stolze Gewinner mit ihrer Beute abziehen. Es steht ihnen offen, einfach dem Gang zurück zum Ballsaal zu folgen und nach Ende des Festes als gewöhnliche Gäste mit durch das Tor hinauszuspazieren. Sie können aber auch dem Luftzug von der anderen Seite her entgegengehen, um in den Keller unter dem Ostturm zu gelangen und von dort aus durch den Fluchtgang ins Freie zu gelangen – nur zwei Häuserblocks entfernt von Esligars Haus.

Nachbetrachtung

▷ Unabhängig davon, ob die SCs das Rapier erlangt haben oder nicht, endet nun für sie das Szenario mit **Szene 17**.

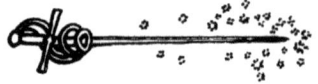

Kapitel 3

Ende oder Anfang?

Der Tanz ist vorbei, das Abenteuer gelaufen. Ob die SCs erfolgreich mit ihrer Beute aus der Burg zurückkommen, an der Aufgabe versagt haben oder es sich gar schon vor dem Ball mit ihrem Auftraggeber verscherzt haben: Nun ist es Zeit für die Abrechnung.

Am Verbleib des Rapiers wird sich in den hier folgenden Szenen nichts mehr ändern; sie dienen allein zur Beantwortung der Frage, wie es nach dem Abenteuer weitergeht. Werden die SCs in Esligars Auftrag ins Verwunschene Land ziehen? Dringen sie auf eigene Faust dort ein? Ziehen sie lieber ihrer Wege oder werden sie gar aus Alkron verbannt? Welche Spielräume und Optionen den SCs für ihre Entscheidung bleiben, ergibt sich nun aus dem Verlauf des Abenteuers.

Szene 16: Gescheitert!

Es ist stickig in der Zelle, die Luft abgestanden und feucht. Von den düsteren Steinmauern herab sinkt der Geruch von Moder und Schimmel und mischt sich mit dem Gestank nach Abort und Angstschweiß, der aus dem Stroh am Boden aufsteigt.

Graues Tageslicht sickert durch ein Loch über Kopfhöhe herein, das eher einem Schacht im Fels ähnelt als einem Fenster. Wie spät ist es? Wie lang ist der Ruf des Nachtwächters her, der den Morgen ankündigte? Zumindest hat jetzt endlich die erdrückende Stille ein Ende. Schritte hallen durch den Gang draußen vor der wuchtigen Eichentür, ein Schlüsselbund klimpert und in der kleinen, vergitterten Öffnung auf Kopfhöhe erscheint ein Gesicht.

Vorbedingungen: Wenn die SCs zu dieser Szene gelangen, ist nicht nur alles schief gelaufen, sondern sie müssen zudem schwerwiegende Fehler begangen haben. In den Kerker der Burg Alkron geraten sie nur, indem sie sich mit der Burgwache anlegen, Radbur in die Quere kommen oder Esligar hintergehen.

Die Sicht der Spieler: Bei der Festnahme wurde den SCs praktisch alles abgenommen bis auf die Kleidung, die sie am Leib tragen: Waffen, Rüstung, Ausrüstungsgegenstände und gegebenenfalls alles Diebesgut, das sie in Esligars Haus erbeutet haben. (Sollten die gefangenen SCs Esligars Rapier bei sich gehabt haben, so fehlt ihnen nun auch dieses!) Die Wachen der Burg Alkron sind gründlich und haben keine Hemmungen, einen unkooperativen Gefangenen nackt auszuziehen, um auch wirklich jedes verborgene Messer zu entdecken. SCs, die als Zauberer erkannt wurden, finden sich vom Rest der Gruppe getrennt in anderen Zellen und zusätzlich gesichert wieder. (HEROEN: Mit Eisen angekettet; MIDGARD: Gefesselt, geknebelt und mit verbundenen Augen.)

Die Zellen sind klein und auf primitive Weise ausbruchssicher. So bestehen die Türen aus dicken Eichenbohlen. Die Schlösser können nur von außen auf- oder zugesperrt werden, von innen gibt es nicht einmal ein Schlüsselloch. Das einzige Fenster ist über Kopfhöhe angebracht und so eng, dass sich höchstens ein kleines Kind hindurchzwängen könnte, selbst wenn es gelänge, das Gitter zu entfernen.

Alles in allem haben die SCs in diesen Zellen keinerlei Handlungsoptionen außer zu warten. Sofern die Spieler keine ausgefallenen Pläne ausprobieren wollen, kannst du als SL direkt zu dem Zeitpunkt springen, zu dem die Gefangenen Besuch bekommen.

Hintergrundinformationen: Die SCs werden festgehalten bis zum Morgen nach dem Maskenball. Wer zu ihnen kommt und was mit ihnen dann geschieht, hängt maßgeblich vom Verlauf des Abenteuers ab:

- Sitzt nur ein Teil der SCs im Kerker und hat der Rest Radburs Rapier aus der Burg entfernt (selbst mitgenommen oder an Temail verloren), dann geht die Sache glimpflich aus. In diesem Fall gibt Radbur persönlich den Befehl, sie am nächsten Morgen ziehen zu lassen. Je weniger Wirbel um den Diebstahl des Rapiers gemacht wird, so seine Überlegung, desto geringer die Gefahr, dass sein Vater auf seine kleinen Intrigen aufmerksam wird. Offiziell wird er verkünden, dass der Fall der SCs überprüft wurde und ihnen nichts vorzuwerfen sei; sie erhalten ihren vollständigen Besitz zurück und nehmen in **Szene 17** an der Nachlese in Esligars Haus Teil.

- Sitzt die gesamte Gruppe im Kerker, hat aber noch Esligar auf ihrer Seite, dann macht der Gelehrte seinen ganzen Einfluss bei seinem Vetter

geltend, um sie herauszuholen. Auch in diesem Fall kommt Radbur zur Kerkerzelle, um die Entlassung anzuordnen, wird ihnen aber durch das Sichtfenster der Zellentür eine selbstgefällige, kleine Rede halten: Dass sie künftig vorsichtig sein sollten, sich in Alkron nicht mit den Falschen anzulegen, und dass er sie im Auge behalten werde. Erst danach lässt er die Zellentür öffnen, den SCs ihre Eigentümer zurückgeben und sie zu **Szene 17** davonmarschieren. (Esligars Rapier, sofern die SCs es an ihn verloren hatten, behält er!)

- Haben die SCs allerdings den Fehler begangen, Esligar zu bestehlen, dann befinden sie sich deswegen in der Zelle, weil der Gelehrte selbst sie bei Radbur angezeigt hat. Esligar beschränkt sich in diesem Fall auf die Forderung, sein Eigentum zurück zu erhalten; angesichts seiner eigenen unrühmlichen Verwicklung in einen geplanten Diebstahl legt er keinen Wert auf eine weitere Verfolgung des Falls mit ausgiebigen Verhören.

Sofern die SCs das Diebesgut während ihrer Verhaftung bei sich trugen, wurde es ihnen zusammen mit den restlichen Besitztümern abgenommen und Esligar hat es bereits zurück; anderenfalls werden die SCs so lange (einzeln) befragt, bis der Verbleib aller gestohlenen Sachen geklärt ist.

Hat Esligar alle gestohlenen Gegenstände wieder, dann werden die SCs aus dem Kerker entlassen und erhalten ihrerseits ihren Besitz zurück. Radbur wird es sich dann nicht nehmen lassen, ihnen im Beisein eines tief enttäuschten Esligar süffisant zu erklären, dass sie aus der Grafschaft Alkron verbannt seien und sie auf dem schnellsten Wege verlassen sollen. Die Reihe *Das Verwunschene Land* endet dann für sie.

- Haben die SCs Radbur getötet und wurden danach eingekerkert, dann kann ihnen auch Esligar nicht mehr helfen. Ihnen steht dann eine Gerichtssitzung bevor, bei der nur eine sehr gewandte Zunge oder ein Wunder sie vor dem Galgen bewahren kann. Als oberster Richter der Grafschaft wird Graf Aendbur keine Gnade mit den Mördern seines Sohnes kennen.

Szene 17: Westwärts?

Trude geleitet euch in das vertraute Speisezimmer und bittet euch, zu warten: „Meister Esligar wird gleich kommen." Wie schon beim ersten Treffen verbirgt sich das Fenster hinter den schweren Vorhängen. Kelche stehen auf dem Tisch bereit und zudem an Esligars Platz vor Kopf eine Karaffe. Fast greifbar hängt gespannte Erwartung in der Luft: War euer Einsatz den Preis wert?

Es gibt viele mögliche Ausgänge für das Szenario *Maskenball*. Je nach Verlauf der Queste wird Esligar mit seinen angeheuerten Helfern mehr oder weniger zufrieden sein – wobei sein wichtigster Bewertungsmaßstab noch nicht einmal ist, ob die SCs ihm das Rapier gebracht haben: An erster Stelle gilt Esligars Interesse nach wie vor der Sicherheit der Stadt und der Erforschung des Verwunschenen Landes. Eine charakterliche Bewertung der SCs ist ihm damit mindestens ebenso wichtig wie Erfolg oder Misserfolg ihrer Mission.

Esligars Zufriedenheit (oder Unzufriedenheit) zeigt sich unter anderem darin, was er für dieses Abendessen nach überstandener Queste auftischen lässt. Folgende Möglichkeiten sind denkbar:

1. Wenn die SCs ihm das Rapier gebracht und dabei keinen Menschen getötet oder verletzt haben, ist Esligar rundum zufrieden. Auf sein Geheiß hin bringt Trude zur Feier des Tages eine Platte mit gefülltem Fasan ins Speisezimmer und serviert den besten Wein aus dem Keller des Hauses. Esligar selbst zeigt sich bester Laune und bietet den SCs über die versprochene Belohnung hinaus noch einen Bonus (HEROEN: zusätzlich pro Kopf 1g, MIDGARD: pro Kopf 30GS).

2. Haben sie ihm das Rapier gebracht, dabei aber gemordet oder anderweitig große Schäden angerichtet, dann ist Esligars Stimmung gedämpfter – besonders, wenn die SCs einen leichtfertigen oder rücksichtslosen Eindruck gemacht haben. Zum Abendessen gibt es gegrillten Fisch und Gemüse. Die SCs bekommen die versprochene Belohnung, doch Esligar verhält sich ihnen gegenüber reserviert und wird ihnen auch weiterhin nur eingeschränkt vertrauen.

3. Haben die SCs das Rapier an Temail verloren, dann ist Esligar dennoch zufrieden, dass es sich nicht länger in Radburs Händen befindet. Als Abendessen gibt es auch in diesem Fall Fisch. Haben die SCs die Angelegenheit geregelt, ohne jemandem zu schaden, dann verhält sich Esligar ihnen gegenüber herzlich und freundlich (wie in 1.); haben sie getötet oder fahrlässig Schäden angerichtet, dann zeigt er sich verschlossener (wie in 2.). So oder so erhalten die SCs die volle ausgehandelte Belohnung.

4. Falls die SCs ihre Queste vorzeitig abgebrochen haben, um mit Radbur gemeinsam gegen den unbekannten Eindringling (Temail) vorzugehen, haben sie sich Esligars Respekt für ihr Verantwortungsgefühl verdient. Esligar wird ob des Misserfolgs zwar in gedrückter Stimmung sein, die SCs aber darin bestärken, dass sie richtig gehandelt haben. Zum Abendessen gibt es Fisch und Esligar gibt den SCs, obwohl sie ihren Auftrag nicht erfüllt haben, ihren vollen Lohn.

5. Wenn Esligar die gesamte Gruppe aus dem Kerker holen musste und womöglich sogar noch sein eigenes Rapier eingebüßt hat, ist er sehr unzufrieden und macht auch keinen Hehl daraus. Zum Abendessen bewirtet er die SCs lediglich mit Brot, Käse und kaltem Braten. Die SCs müssen sich mit dem erhaltenen Vorschuss begnügen.

In welcher Stimmung auch immer dieses Essen verläuft: Esligar diskutiert darüber mit seinen Gästen den Verlauf der Mission. Lass als SL den Spielern freien Lauf, noch einmal entspannt die denkwürdigsten Momente des Abenteuers durchzugehen, ihre Lehren daraus zu ziehen und ihre eigenen offenen Fragen zu formulieren; vor allem letztere solltest du dir als SL notieren, um in späteren Abenteuern auf die persönlichen Motivationen der SCs einzugehen.

Esligar hat auf jeden Fall ein Interesse daran, die SCs weiter zu beschäftigen. Von nun an betrachtet er sie als Mitwisser des Geheimnisses, dass sich hinter dem Verwunschenen Land mehr und Größeres verbirgt als ein paar Schauermärchen. Allein dieses Wissen macht sie zu wertvollen Helfern, die er für weitere Questen zu nutzen gedenkt. So wird er sie in Fall 1.–4. fragen, ob sie bereit wären, einen erneuten Auftrag von ihm anzunehmen; in Fall 5. wird er es eher so formulieren, dass er ihnen eine zweite Chance bietet, ihn von ihren Fähigkeiten zu überzeugen und sich ihren restlichen Lohn zu verdienen. Und so endet das Abenteuer mit dieser Überleitung zum nächsten Szenario der Reihe *Das Verwunschene Land.*

Anhang A

Spielfiguren

Aendbur von Alkron

Für den Herrn der Grafschaft Alkron ist das ganze Leben ein einziger Maskenball: Nach außen hin spielt er den gutmütigen Einfaltspinsel, der sich auf dem Thron seines abgelegenen Lehens ausruht; hinter dieser Fassade jedoch verbergen sich ein scharfer Verstand, eiserne Willenskraft und die Last großer Verwantwortung.

Kaum jemand kennt die Gefahren des Verwunschenen Landes so gut wie Graf Aendbur. Magisch sehr begabt, entdeckte er schon als Jugendlicher die schlummernden Mächte der *Alx Goron* in den Gewölben tief unter seiner Burg. Als junger Mann reise er eine Zeit lang von Stadt zu Stadt und spielte den sorglos feiernden Adelsspross, während er in Wahrheit bei renommierten Mystikern die Beherrschung magischer Kräfte erlernte. Nach seiner Heimkehr begann er behutsam mit dem Studium der Adallian-Artefakte im verborgenen Teil seiner Burg. Schließlich wagte er sich mit einigen dieser Artefakte ins Verwunschene Land, um sich unter den dortigen Mächtigen eine Position zu erstreiten. Dort tritt er nunmehr als „der Magier" in Erscheinung, ein geheimnisvoller Mächtiger, der stets eine Maske trägt und eine große Domäne in der Mitte des Landes behauptet. Die einzige vollständig eingeweihte Mitwisserin seines Geheimnisses war seine (inzwischen verstorbene) Gemahlin. Heute kennen lediglich einige seiner engsten Vertrauten bei Hofe zumindest einen Teil davon.

Der Magier

Über die Ränke an seinem Hof ist Aendbur bestens auf dem Laufenden. So weiß er auch, dass sein eigener Sohn ↑*Radbur* sich als Spion der „Hexe" betätigt und dabei versucht, alle und jeden zu hintergehen. Dennoch lässt Aendbur ihn gewähren, spielt weiterhin den Narren und achtet sorgsam darauf, welche Informationen er Radbur in die Hände fallen lässt. Trotz seiner Enttäuschung über dessen Charakter liebt er seinen Sohn und würde ihn, falls es hart auf hart kommt, lediglich gefangen setzen, aber nicht töten.

In seinem alltäglichen Auftreten zeigt sich Graf Aendbur als unscheinbarer, älterer Herr von Mitte 50, mittelgroß, mit Bauchansatz, schütterem, dunklem Haar und ergrautem Vollbart. An Kleidung bevorzugt er seit dem Tod seiner Frau schlichte, dunkle Gewänder.

Kostüm auf dem Maskenball:
- Wallende, nachtblaue Robe mit Kapuze
- Lachende Theatermaske, silbern
- Waffe: Langschwert

Spielwerte

- HEROEN: St=2, Gw=2, Ad=3, Fi=2, Vs=4, Vn=3, Am=3, Eg=2, Zb=4; Stand=4, Beziehungen=2, Einkünfte=3, Leumund=2; Einzelkampf=3 ⊠ Langschwert, Entdeckung=7, Gedächtnis=7, Logik=5 ⊠ Philosophie ⊠ Lesen, Tiere=3 ⊠ Reiten, Benehmen=5 ⊠ Etikette, Führung=5, Menschenk.=7, Täuschung=7, Zauber wirken=7 ⊠ Mystik ⊠ Sagen, Zw. Gesicht=7, Weltbindung=5; Essenz=9; *Eigene Zauber:* BLEND, EIS, ELEND, FERNE, TAUSCH; *Quellen der Kraft:* ● Tiefe, ● Atem, ⊙Form, ⊙Schwere, ⊙Stille, ⊙Zorn; Langschwert: Schaden=6

- MIDGARD: Ma, Gr 8; St 48, Ge 41, Ko 65, In 89, Zt 83, Au 45, pA 36, Sb 77; RW 65, HGW 52, B 24; LP 15, AP 40; Angriff: *Langschwert* +5 (1W6+1); Abwehr +15; *Resistenz* +16/15; *Lesen/Schreiben, Lesen von Zauberschrift, Menschenkenntnis* +8, *Reiten* +12, *Wahrnehmung* +6; *Gelehrter*; *Zaubern* +18: *Zweig der Macht I–IV, Zweig des Wissens I–VI, Bannen von Zauberwerk, Belebungshauch, Blendwerk, Eisiger Nebel, Elfenfeuer, Erkennen Natur des Zaubers, Feuerkugel* (+*Stein des schnellen Feuers*), *Nebel, Schattenkämpfer, Schmerzen, Versetzen* (+ *Kl. Stein des Ortswechsels*), *Wasserstrahl, Windstoß, Zauberschild*

Bürgermiliz

Jeder wehrfähige, männliche Bürger der Stadt Alkron ist im Kriegsfall zur Verteidigung der Stadt verpflichtet. Die meisten Bürger stellen Waffen und Rüstung selbst, nur die Ärmsten erhalten, wenn sie Dienst haben, ihre Ausrüstung aus dem städtischen Zeughaus geliehen. Im Frieden stellt die Bürgermiliz die Stadtwache. Sollten es also die SCs in den Straßen von Alkron mit der Wache zu tun bekommen, dann handelt es sich höchstwahrscheinlich um gewöhnliche Bürger, die an diesem Tag gerade Streife laufen:

Spielwerte

- HEROEN: St=3, Gw=2, Ad=2, Am=2; Gruppenkampf=3, Einzelkampf=2; Pike: Schaden=5; Kl. Schild; Lederrüstung: Rumpf=Glieder=2; Deckg. nah=fern=1

- MIDGARD: Grad 1, LP 13, AP 7, RK=LR, RW 60, HGW 60, B 24, MW 16; Angriff: *Stoßspeer* +5 (1W6+1); Abwehr +11, *Kl. Schild* +1

Als „harten Kern" beschäftigt die Stadtwache jedoch auch ein halbes Dutzend Söldner, die als professionelle Kämpfer natürlich besser gerüstet und ausgebildet sind als der Bäcker von nebenan. Sie werden in kritischen Situationen hinzugezogen, z. B. wenn einige besonders kampfstarke Fremde Ärger machen.

Spielwerte

- HEROEN: St=3, Gw=3, Ad=3, Am=2; Gruppenkampf=3 ⊠ Formation ⊠ Hellebarde, Einzelkampf=3, Handgemenge=3; Hellebarde: Schaden=6/7; Armeeschild; Kettenkleid: Rumpf=Glieder=3; Deckg. nah=2, fern=1

- MIDGARD: Grad 2, LP 14, AP 14, RK=KR, RW 65, HGW 65, B 24, MW 18; Angriff: *Hellebarde* +7 (1W6+1/2W6), *Kampf in Schlachtreihe*; Abwehr +12, *Gr. Schild* +1

Hauptmann der Stadtwache ist ↑*Radbur*, der dritte Sohn des Grafen, seines Zeichens ebenfalls ein gut ausgebildeter Kämpfer.

Burgwachen

Bei den Burgwachen handelt es sich größtenteils um freie Bauern von den Ländereien der Grafschaft Alkron, die zwei Wochen ihres jährlichen Waffendienstes auf der Burg ableisten. Während dieser Zeit werden ihnen Waffen und Rüstung aus der Waffenkammer der Burg gestellt, sodass sie deutlich besser ausgerüstet daherkommen als die Bürgermiliz.

Spielwerte

- HEROEN: St=3, Gw=2, Ad=2, Am=2; Gruppenkampf=3, Einzelkampf=2; Pike: Schaden=5; Armeeschild; Kettenkleid: Rumpf=Glieder=3; Deckg. nah=2, fern=1

- MIDGARD: Grad 1, LP 13, AP 7, RK=KR, RW 60, HGW 60, B 24, MW 16; Angriff: *Stoßspeer* +5 (1W6+1); Abwehr +11, *Gr. Schild* +1

Die Offiziere der Burgwache, die allesamt dem niederen Adel angehören, haben eine umfassendere Ausbildung als Kämpfer durchlaufen, sodass für sie andere Werte gelten (↑*Höflinge*).

Esligar

Der ranghöchste Gelehrte und offizielle „Stadtzauberer" von Alkron ist ein Vetter des Grafen Aendbur. Er versteht sich gut mit dem Grafen und steht loyal zu ihm, auch wenn er ihn (wie fast jeder) für etwas einfältig hält; um so mehr sieht sich Esligar in der Pflicht, seinem gutmütigen Vetter mit all seiner Klugheit und Bildung zur Seite zu stehen.

Esligar hat in einer größeren Stadt an einer renommierten Akademie studiert und besitzt den Titel eines Magisters für Philosophie und Mystik. Aendburs Vater, der vorherige Graf, hat ihm das Studium finanziert, um einen kundigen Zauberer für den Umgang mit dem Verwunschenen Land im Lehen zu haben. Somit ist Esligar mehr oder weniger offiziell für die Sicherheit Alkrons gegenüber Magie und Spukerscheinungen verantwortlich und er nimmt diese Verantwortung auch ernst. Seit seiner Rückkehr nach Alkron beschäftigt er sich intensiv mit dem Verwunschenen Land und den möglichen Gefahren, die von ihm ausgehen. Über diesen Aufgaben hat er nie geheiratet und auch über das Alter wechselnder Affären ist er inzwischen hinaus.

Bei all seinem Eifer treibt ihn jedoch nicht allein die Sorge um seine Mitmenschen, sondern mindestens im gleichen Maße die Neugier des Forschers. Esligars ganze Leidenschaft gilt den Rätseln des Verwunschenen Landes und mit Begeisterung stürzt er sich auf jedes Fundstück, das ihm tiefere Einblicke in die Geheimnisse des untergegangenen Reiches von Adally gewährt. Aus diesem Grund eignet er sich auch im Rahmen dieser Buchreihe hervorragend als Auftraggeber für die SCs, um sie mit Questen rund um das Verwunschene Land zu betrauen.

Esligar ist Anfang 50 und von der Erscheinung her ein wahrer Hüne: Groß, breitschultrig, mit einem kleinen Wohlstandsbäuchlein, aber immer noch rüstiger als mancher halb so alte Mann. Sein Haar bildet eine ergrauende, aber immer noch dichte, dunkle Mähne, im Gesicht trägt er einen gepflegten Vollbart. An Kleidung bescheidet er sich auch im Alltag mit der blaugrauen Robe des Gelehrten. Er hat sich das polternde, direkte Auftreten bewahrt, mit dem er als Student durch die Tavernen gezogen ist und an mancher Keilerei teilgenommen hat. Alles in allem kann man Esligar als Frohnatur bezeichnen. Dass er nicht mehr selbst auf Abenteuer auszieht, liegt hauptsächlich daran, dass er in seinem Alter nicht mehr gut zu Fuß ist.

Kostüm auf dem Maskenball:
  - Dunkelbraune Samtrobe
  - Hut: Nachgemachter Kranz aus Efeu
  - Bärenmaske aus Ebenholz
  - Waffe: Magierstab

Spielwerte

  - HEROEN: St=4, Gw=2, Ad=3, Fi=2, Vs=4, Vn=1, Am=2, Eg=2, Zb=3; Stand=3, Beziehungen=2, Einkünfte=2, Leumund=2; Handgemenge=3; Gedächtnis=7; Logik=5 ⊠ Philosophie, Verständigung=5; Menschenk.=3, Täuschung=3; Zauber wirken=5 ⊠ Mystik ⊠ Sagen, Zw. Gesicht=4, Weltbindung=3; Essenz=6; *Eigene Zauber:* BOE, GEFAHR, URTEIL; *Quellen der Kraft:* ● Tiefe, ● Atem, ⊚Schwere, ⊚Zorn, ⊚Güte; Stab: Schaden=5

  - MIDGARD: Ma, Gr 6; St 92, Ge 40, Ko 68, In 75, Zt 69, Au 64, pA 56, Sb 27; RW 54, HGW 81, B 26; LP 14, AP 30; Angriff: *Magierstab* +6 (1W6+3), *Waffenl. Kampf* +6 (1W6–1); Abwehr +14; *Resistenz* +15/+15; *Lesen/Schreiben, Lesen von Zauberschrift* , *Menschenkenntnis* +5; *Gelehrter; Zaubern* +17: *Zweig der Macht I–III, Zweig des Wissens I–V, Bannen von Zauberwerk, Bannkreis, Dschinni-Auge, Dschinni-Ohr, Erkennen Natur des Zaubers, Feuerkugel, Geistesschild, Wahrsehen*

Fahrende

Das Unterhaltungsprogramm auf dem Ball wird größtenteils von fahrendem Volk bestritten: Spielleute, Gaukler, Taschenspieler, Akrobaten etc. Es handelt sich um die üblichen Außenseiter der Gesellschaft, die von Ort zu Ort reisen und allein von ihrem Unterhaltungswert leben. Sie sind es gewohnt, sich ihrer Haut zu erwehren und ihren Lebensunterhalt in größter Not auch auf kriminelle Weise zu bestreiten.

Spielwerte

- HEROEN: St=2, Gw=3, Ad=2, Am=3; Handgemenge=2; Dolch: Schaden=4$^\times$

- MIDGARD: Gr 1, LP 13, AP 6, RK=OR, RW 60, HGW 60, B 26; Angriff: *Dolch* +5 (1W6–1); Abwehr +11

Gondalor

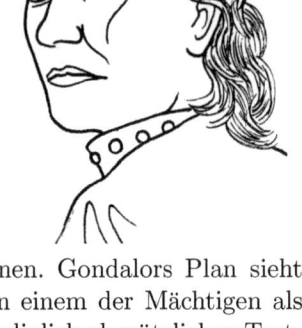

Der Verursacher all der Verwicklungen, die zu die sem Abenteuer führen, ist ein ehrgeiziger, jun ger Priester, der sich für doppelt so klug hält wie er ist. Im Auftrag höherrangiger Kleriker sei nes Ordens hat er die eine oder andere Spiona gemission übernommen und ist dabei mit Infor manten zusammengekommen, die ihn mit gefähr lichem Halbwissen über das Verwunschene Lan versorgt haben. Als ihm in der Schatzkammer ei nes Klosters ein ↑*Duellrapier* von Adally in di Hände fiel, glaubte er seine Chance gekommen magische Macht und Einfluss in seinem Orden z erlangen.

Ohne Wissen seiner Ordensoberen reiste er nach Alkron, um Graf ↑*Aendbur* als Unterstützer für einen Gang ins Verwunschene Land zu gewinnen. Gondalors Plan sieht vor, sich mit den Mitteln seines Ordens im Rücken einem der Mächtigen als Verbündeter anzubieten. Den Grafen sieht er dabei lediglich als nützlichen Trottel, den er hinterher mit einem Adallian-Artefakt als Belohnung abgespeist hätte. Dabei kam ihm nie in den Sinn, dass möglicherweise der Graf sehr viel klüger sein mochte, als er vorspielte.

Zu Beginn des Abenteuers ist Gondalor noch am Leben, auch wenn dieser Zustand nur kurz währt; die SCs müssten in Szene 4 schon extrem unerwartet vorgehen, um den Mord von ↑*Radbur* an Gondalor zu verhindern. Sollte er dennoch vor seinem Ableben noch als Akteur zum Zuge kommen, dann hat er die folgenden Spielwerte:

- HEROEN: St=3, Gw=3, Ad=3, Fi=1, Vs=3, Vn=2, Am=3, Eg=4, Zb=3; Stand=2, Beziehungen=2, Einkünfte=1, Leumund=1; Einzelkampf=3 ☒ Langschwert ☒ Formation; Handgemenge=3 ☒ Kampfkunst; Gedächtnis=3 ☒ Kriegsgerät, Logik=3 ☒ Philosophie ☒ Lesen; Manipulation=2, Menschenk.=3, Täuschung=3; Zauber wirken=3 ☒ Götterkult, Zw. Gesicht=3, Weltbindung=2; Essenz=3; *Eigene Zauber:* WAFFE, WEICHE; *Quellen der Kraft:* ◉Form, ◉Zorn, ● Güte; Langschwert: Schaden=7; Lederrüstung: Rumpf=Glieder=2

- MIDGARD: PK, Gr 2; St 63, Ge 76, Ko 65, In 78, Zt 70, Au 92, pA 86, Sb 36; RW 77, HGW 75, B 28; LP 13, AP 12; Angriff: *Langschwert* +6 (1W6+2), *Waffenl. Kampf* +6 (1W6−2); Abwehr +12; RK=LR; *Resistenz* +13/+13; *Beredsamkeit* +6, *Lesen/Schreiben, Lesen von Zauberschrift, Menschenkenntnis* +3, *Reiten* +14; *Zaubern* +12: *Austreibung des Bösen, Zauberschmiede*

Zu Beginn dieses Abenteuers hat Gondalor bereits den Grafen als zu dumm für seine Pläne abgeschrieben, verlässt sich aber dafür auf Radbur als scheinbar deutlich fähigeren Verbündeten. Er sieht keinen Grund, sich auf andere Personen in Alkron einzulassen, schon gar nicht auf irgendwelche dahergelaufenen SCs.

Gondalors Auftreten hängt stark davon ab, was er sich von seinem Gegenüber erhofft. Zu Radbur ist er auf einschmeichelnde Weise freundlich. Generell bringt er hochrangigen Personen die gebührenden Höflichkeiten entgegen, die sich aber im längeren Gespräch schnell als hohle Fassade entpuppen. Das einfache Volk behandelt er mit kaum verhohlener Arroganz. Sollten die SCs mit ihm das Gespräch suchen, dann reagiert er kurz angebunden und abweisend. Werden sie ihm lästig, dann wird er Radbur auffordern, sie aus dem Weg zu räumen.

Äußerlich ist Gondalor ein wahrer Schönling: Von hochgewachsener Statur, schlank, mit der Muskulatur des geübten Kämpfers und Reiters. Blonde Locken krönen ein angenehmes, fast schon weiches Gesicht mit lachenden, grünen Augen. Er ist Mitte 20 und trägt die Kutte seiner Priesterschaft über einer Lederrüstung und hochwertiger Reitkleidung.

Welchem Orden er angehört, hängt von eurer Einbettung dieses Szenarios in eure Spielwelt ab. Bei HEROEN, in der Welt von Dragoma, ist Gondalor einer der Schwertmönche von Astua und damit Priester des Agon. Spielt ihr in einer anderen Welt, dann ist Gondalor der Priester einer „guten" (also in seiner Gesellschaft anerkannten und verehrten) Kriegsgottheit.

Höflinge

Der Hofstaat von Graf Aendbur setzt sich größtenteils aus Adligen zusammen: Ritter, Knappen, Edeldamen sowie 1–2 Barone zu Besuch bei ihrem Lehnsherrn. Alle männlichen Angehörigen des Hofstaats haben entweder eine Ausbildung zum Kämpfer absolviert oder sind (als Knappen) gerade dabei. Die Aufgaben der Damen beziehen sich standesgemäß eher auf Logistik und Verwaltung, doch beherrschen auch einige von ihnen den Umgang mit der Klinge.

Um die Sicherheit des Maskenballs zu gewährleisten, hat ↑*Radbur* unter ihnen einige geübte Intriganten auswählt. Er verlässt sich auf ihre Beobachtungsgabe, um rechtzeitig Spione oder Einbrecher zu enttarnen. Es handelt sich um eine Dame und drei Herren, für die jeweils die folgenden Spielwerte gelten:

- HEROEN: St=3, Gw=3, Ad=3, Am=3; Stand=2; Einzelkampf=3
  ⊠ Langschwert, Handgemenge=3, Entdeckung=2, Benehmen=3
  ⊠ Etikette, Menschenk.=2; Langschwert: Schaden=7, Parierdolch: Schaden=4$^\times$; Polsterwams: Rumpf=1; Deckg. nah=3, fern=1

- MIDGARD: Kr, Gr 1, LP 14, AP 10, RK=TR, RW 70, HGW 65, B 24; Angriff: *Langschwert* +7 (1W6+2), *Dolch* +5 (1W6); Abwehr +11, *Parierdolch* +1; *Menschenkenntnis* +3

Kommt es mitten auf dem Ball zu Handgreiflichkeiten, dann können die gleichen Werte für alle Festgäste vorausgesetzt werden, die in den Kampf eingreifen.

Radbur

Graf Aendbur hat drei Söhne. Der Älteste, Melendbur, verwaltet als Erbe der Grafschaft eine Baronie. Der zweite, Sordbur, hat ein Studium absolviert und weilt als Dozent auf einer fernen Akademie.

Der dritte, Radbur, ist Hauptmann der Stadtwache von Alkron.

Damit gibt er sich allerdings nicht zufrieden. Radbur hat andere Ambitionen, als sein Leben lang ein Pöstchen im Lehen seiner Familie zu bekleiden. Er will Macht. Schon lange hadert er damit, dass nach dem Tod seines Vaters zwei Brüder vor ihm an der Reihe sein werden, die Grafschaft zu erben. Und auch wenn er vor Mord an den eigenen Brüdern (noch) zurückschreckt, so ist er doch nur zu bereit, gegen die eigene Familie zu intrigieren.

Für „die Hexe", eine der tonangebenden Mächtigen im Verwunschenen Land, war der ehrgeizige junge Adlige ein gefundenes Fressen. Begierig, ihre eigene Macht auch auf die Außenwelt auszudehnen, nahm sie Kontakt mit ihm auf und offenbarte ihm einen kleinen Bruchteil der Macht, die ihm mithilfe der Magie des Reiches Adally offen stünde. Sie bot ihm Einblicke ins Verwunschene Land und die Aussicht, sich am Spiel der Mächtigen zu beteiligen. Als Gegenleistung wurde Radbur ihr Spion am Hofe Graf Aendburs.

Dieses Arrangement währt nun schon einige Jahre und für Radburs Geschmack bekommt er von der Hexe bislang zu wenig zurück. Als sie ihn beauftragt, ↑*Gondalor* zu ermorden und ihr dessen ↑*Duellrapier* auszuhändigen, wittert er daher seine Chance, ein Adallian-Artefakt in die eigenen Hände zu bekommen.

Radbur ist äußerst ehrgeizig, kühl, berechnend und weitgehend skrupellos. Als ausgebildeter Kämpfer hat er schon mehrmals offen im Kampf getötet. Heimtückischer Mord ist ihm neu, bereitet ihm aber keinerlei Gewissensqualen – ebensowenig wie die Tatsache, dass er für einen potenziellen Feind von außen (die Hexe) gegen den eigenen Vater spioniert. Auf dessen Scharade, den Narren zu spielen, ist Radbur voll hereingefallen und hat nicht die geringste Ahnung, dass umgekehrt sein Vater genau über ihn im Bilde ist. Tatsächlich glaubt Radbur, dass er dank der Informationen der Hexe zum unentbehrlichen Ratgeber seines Vaters aufgestiegen sei und sich auf dem besten Wege befinde, als wahrer Machthaber hinter dem Grafen die Geschicke Alkrons zu lenken.

Von alledem ahnen die meisten Einwohner Alkrons überhaupt nichts. Nach außen hin ist Radbur nach wie vor der ehrenwerte Hauptmann der Stadtwache, den seine Leute für seinen scharfen Verstand und seine strenge, aber maßvolle Durchsetzung des Gesetzes respektieren. Niemand außer einigen sehr engen Bekannten käme auf den Gedanken, ihm Verrat oder Mord zuzutrauen.

Radbur ist ungefähr 30 Jahre alt, eher kleinwüchsig und von drahtigem, aber athletischem Körperbau. Das dunkelblonde Haar lichtet sich bereits und bildet allmählich eine Stirnglatze aus. Der intensive Blick seiner blauen Augen kann Unbehagen verursachen, wenn man damit längere Zeit gemustert wird. Radburs Alltagskleidung ist selbst für den Sohn eines Grafen ungewöhnlich prachtvoll, nur knapp unterhalb der Grenze zur Anmaßung eines höheren Standes: Wams, Federhut, Beinkleider, Schuhe, alles besteht aus den edelsten Stoffen, die es in Alkron zu haben gibt.

Kostüm auf dem Maskenball:
- Enganliegendes, rotes Gewand mit halblangem Umhang
- Hoher, roter Filzhut mit schmaler Krempe
- Maske: Totenschädel
- Waffe: Langschwert

Spielwerte

- HEROEN: St=3, Gw=4, Ad=4, Fi=1, Vs=4, Vn=1, Am=3, Eg=2, Zb=1;
  Stand=3, Beziehungen=2, Einkünfte=3, Leumund=2; Einzelkampf=4
  ⊠ Rapier, Gruppenkampf=3, Handgemenge=3, Reiterkampf=3
  ⊠ Langschwert ⊠ Lanze ⊠ Schw. Rüstung; Entdeckung=4; Tiere=3
  ⊠ Reiten, ⊠ Lesen; Benehmen=3 ⊠ Etikette ⊠ Gassenwissen, Führung=4,
  Manipulation=3, Menschenk.=3, Täuschung=4; Langschwert: Schaden=7,
  Dolch: Schaden=$4^{\times}$; Reiterschild; Kettenkleid; Deckg. nah=3, fern=1

- MIDGARD: Kr, Gr 3, St 64, Ge 87, Ko 88, In 81, Zt 24, Au 40, pA 56,
  Sb 28; RW 85, HGW 73, B 26; LP 14, AP 24; Angriff: *Langschwert* +8
  (1W6+2), *Rapier* +8 (1W6+1); Abwehr +12; *Parierdolch* +2; RK=KR;
  Resistenz +13/+13; *Gassenwissen* +3, *Lesen/Schreiben*,
  Menschenkenntnis +5, *Reiten* +15, *Wahrnehmung* +5

Seldrik

Nach außen hin kennt man ihn lediglich als Gärtner in ↑*Radburs* Stadthaus; in Wirklichkeit ist er
ein erfahrener Meuchelmörder und Radburs rech-
te Hand.

Seldrik wurde nicht in Alkron geboren, sondern hat sich auf der Flucht vor seinen Feinden
irgendwann in dieses entlegene Lehen abgesetzt.
Hier fand er im Hauptmann der Stadtwache einen
dankbaren Gönner. Was als Zweckbündnis begann,
entwickelte sich mittlerweile zu gegenseitigem Respekt, sodass Seldrik seinem Herrn in aufrichtiger
Loyalität dient. Radbur setzt ihn gelegentlich für
Beschattungen ein sowie für nächtliche Operatio-
nen in dunklen Gassen oder auf den Dächern der
Stadt. Ausdrückliche Mordaufträge sind selten.

Radburs Gärtner ist ein wortkarger Geselle von etwa 50 Jahren. Struppi-
ge, graue Mähne wuchert dicht auf seinem Kopf und geht in einen ähnlich
struppigen Vollbart über. Groß und etwas schlaksig, wenn auch von sehnigem
Körperbau, unterschätzen die meisten Beobachter Seldriks Geschicklichkeit.
Seine bevorzugte Mordmethode besteht in einem zielsicher geworfenen Messer.
Sein Kleidungsstil ist schlicht und zweckmäßig: Wenn er tagsüber einmal das
Haus verlässt, zieht er meist nur einen abgewetzten, grünen Mantel über seinen
Gärtnerkittel. Bei nächtlichen Einsätzen trägt er enganliegende, dunkelgraue
Kleidung.

Spielwerte

- HEROEN: St=3, Gw=4, Ad=2, Fi=4, Vs=2, Vn=2, Am=4, Eg=1, Zb=1; Stand=1, Beziehungen=0, Einkünfte=2, Leumund=1; Handgemenge=7; Entdeckung=7, Klettern=5, Laufen=3 ⊠ Stadt ⊠ Wald, Werfen=7 ⊠ Wurfmesser; Tiere=2 ⊠ Reiten; Benehmen=4 ⊠ Gassenwissen, Führung=3, Täuschung=7; Dolch: Schaden=4$^{\times}$; Wurfmesser: Schaden=4$^{\times}$

- MIDGARD: As, Gr 6; St 79, Ge 87, Ko 52, In 58, Zt 26, Au 19, pA 17, Sb 66; RW 85, HGW 80, B 24; LP 15, AP 30; Angriff: *Dolch* +13 (1W6), *Wurfmesser* +11 (1W6, *Scharfschütze*); Abwehr +15; RK=TR; *Resistenz* +13/+13; *Gassenwissen* +5, *Klettern* +17, *Reiten* +15, *Schleichen* +10, *Tarnen* +10

Temail

Der Gesandte der „Hexe" gehört zu den Zeugen der Entstehung des Verwunschenen Landes: Er war einer der Elementargeister, die beim Ausbruch der Alx Brogon in die Welt der Sterblichen beschworen und in die tobenden Kämpfe geworfen wurden.

Nun sitzt er hier fest, gebunden an einen magischen Ring, der sich seit einigen Jahren im Besitz seiner jetzigen Herrin befindet. Temail ist ein Luftelemental, ein belebter und beseelter Windhauch, ein unsterbliches Geschöpf reinster Magie. In den letzten Jahrhunderten hat er viel über die Sterblichen und ihre Gedankenwelt gelernt, sodass er mittlerweile über ein hohes Maß an „menschlicher" Intelligenz verfügt (HEROEN: Vs=3, MIDGARD: In 61); es bereitet ihm keine Schwierigkeiten, sich auf dem Ball an das Verhalten der Festgäste anzupassen.

Dass es ein Maskenball ist, bietet ihm die Gelegenheit, auch äußerlich nicht aufzufallen. Er erscheint in der folgenden Kostümierung:

- Nachtblauer Umhang,
- Breitkrempiger Hut,
- Schlichte, weiße Maske.

Sollte es jemandem gelingen, einen Blick unter diese Verkleidung zu werfen, so findet er dort nichts als Luft und zwei schwebende, schwarze Handschuhe. Sie dienen Temail als Werkzeug, um mit stofflichen Händen zugreifen und das von

Radbur geraubte Rapier an sich nehmen zu können; allein in „Windgestalt"
wäre er dazu nicht in der Lage.

Die Hexe behandelt Temail fair und verzichtet weitgehend auf die Möglichkeit, über ihren Ring Zwang auf ihn auszuüben. Stattdessen hat sie mit dem
Elementar einen Eid der Gefolgschaft geschlossen: Wenn er ihr loyal dient,
entlässt sie ihn nach zwanzig Jahren in die Freiheit.

Temail genießt somit zur Erfüllung seiner Aufträge große Freiheiten. Anstatt sich an den Wortlaut eines magischen Befehls zu halten, geht er sehr
eigenständig und kreativ vor – sehr zum Vorteil der Hexe, die sich auf ihn
als Diener verlassen kann. Allerdings ist Temail grundsätzlich von friedferti-
gem Naturell und vermeidet es nach Möglichkeit, Lebewesen zu verletzen. Nur,
wenn ihm zur Erfüllung eines Auftrags keine andere Wahl bleibt, greift er zur
Gewalt; und selbst dann wird er außer zur Selbstverteidigung niemanden töten.

Spielwerte

- HEROEN: St=3, Gw=5, Ad=3, Am=5, Zb=5; Handgemenge=5; Schaden:
  LUFTLEERE (Details s. u.); *Eigene Zauber:* BOE, TIER (Elster), TRUG;
  nur mit magischen Waffen zu treffen (auch Zauber WAFFE);
  verwundbar durch Angriffe von Geisterwesen; angreifbar mit
  Elementarzaubern (z. B. BOE, EIS, FLAMME) und Bannzaubern gegen
  Geisterwesen (z. B. STELLEN, WEICHE); gilt selbst als Beschwörung des
  6. Grades (Mächtigkeit=10)

- MIDGARD: Gr 8, LP –, AP 40, RK=OR, RW 80, HGW 70, B 120; Angriff:
  Luftleere +10 (Details s. u.), *Windstoß* +10 (1W6, wenn PW:HGW
  misslingt); Abwehr +15; *Zaubern* +14: *Erscheinungen*, *Macht über Sinne*,
  Stimmenwerfen, *Vögel rufen*, *Windstoß*; immun gegen Blitz und
  natürliches Feuer; nur mit magischen Waffen mit Angriffsbonus +2
  oder mehr zu treffen; verwundbar gegen Angriffe von Dämonenartigen
  und Geisterwesen (auch *Schattenkämpfer*); angreifbar mit magischen
  Feuern, Bannzaubern gegen Dämonenartige und Elementarzaubern, die
  den Luftkörper verwirbeln (z. B. *Windstoß* oder *Wasserstrahl*)

Temails stärkster Nahkampfangriff ist die **Luftleere**: Er umschließt den Kopf
seines Gegners mit einem Teil seiner Luftgestalt und erschafft darin eine luftleere Blase. Folgerichtig kann das Opfer nicht atmen und auch nicht durch Schreien
auf sich aufmerksam machen (wohl aber durch Aufstampfen oder Händeklat-
schen, da die Luftleere nur den Kopf umschließt). Allerdings geht er mit diesem
Angriff das (geringe) Risiko ein, dass jemand beobachtet, wie der Umhang seines Kostüms einen Spalt weit aufklafft, wenn er nach seinem Opfer greift; der
Beobachter sieht dann die leere Luft unter Temails Kostüm.

Temail ist in der Lage, sein Opfer in dieser Position festzuhalten, sodass es nicht einfach den Kopf herausziehen kann; der Versuch, daraus zu entkommen, entspricht dem Befreien beim *Festhalten* im Nahkampf.

Regelspezifisch hat die Luftleere folgende Auswirkungen:

- HEROEN: Schaden und Befreiungsmöglichkeiten entsprechen der Kampfsituation *Würgen*.

  Entdeckungsrisiko: „Blick unter den Umhang" erfordert 6 Erfolge auf EW(Entdeckung):Am (3 Erfolge, wenn der Betrachter Temail ohnehin schon beobachtet).

- MIDGARD: Für jede Kampfrunde in der Luftleere führt das Opfer einen PW:Ko mit WM+20 aus. Bei Misslingen: 2 LP Schaden, Bewusstlosigkeit (woraufhin Temail loslässt).

  Befreiungsversuch: PW:(30 + HGW Opfer − HGW Temail).

  Entdeckungsrisiko: „Blick unter den Umhang" erfordert erfolgreichen EW:*Wahrnehmung* mit WM−3 (ohne WM, falls der Betrachter Temail ohnehin schon beobachtet.)

Wird Temail „getötet", dann löst sich seine stoffliche Gestalt auf und sein Ätherkörper kehrt in den Ring der Hexe zurück. Es dauert danach einen Mond, bis er erneut beschworen werden kann – woraufhin er in voller Stärke zurückkehrt. An den- oder diejenigen, die ihn gebannt haben, wird er sich erinnern; und auch wenn er nicht rachsüchtig ist, so wird er ihnen gegenüber doch keine Sympathien hegen.

Die Hexe

Burg und Stadt Alkron

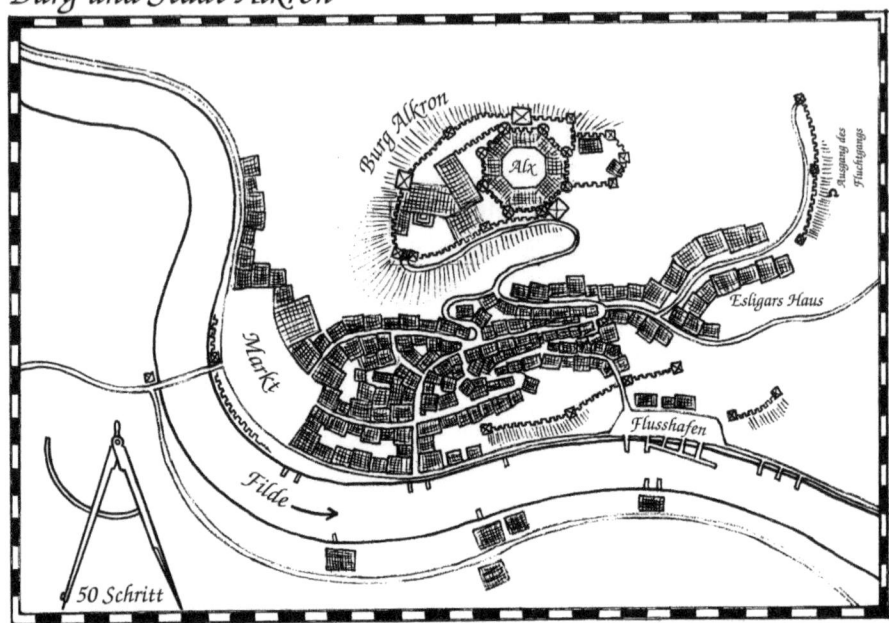

Burg Alkron, vorderer Bereich *(Erläuterung der Orte im Text)*

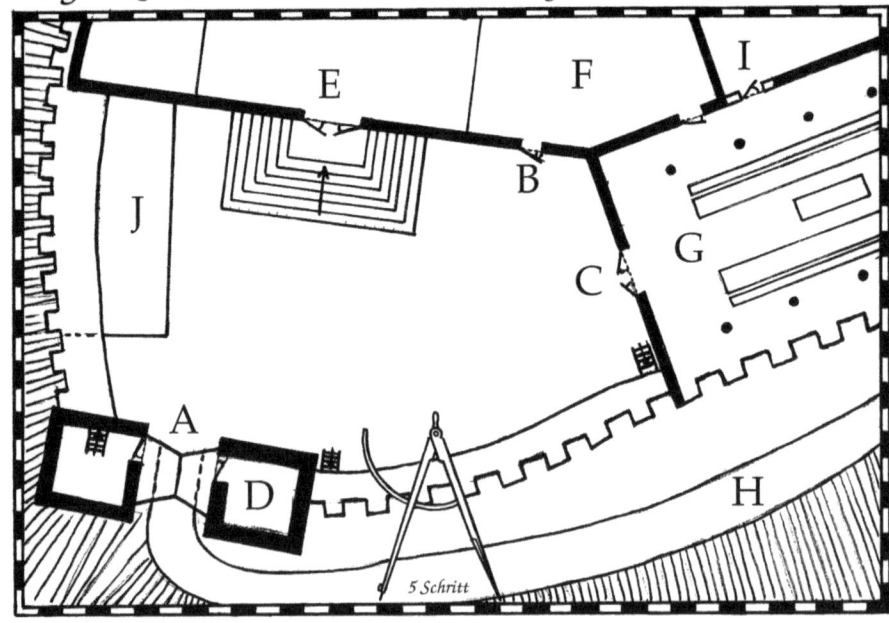

Anhang B

Orte

Burg Alkron

Die Residenz der Grafen von Alkron erhebt sich groß und eindrucksvoll auf einem Plateau oberhalb der Stadt. Tatsächlich erscheint sie, gemessen an Einwohnerzahl und Bedeutung der Grafschaft, bereits übertrieben groß.

Grund dafür ist, dass die Burg deutlich älter ist als die Grafschaft oder das ganze umgebende Königreich. Den Kern der Burg Alkron bildet die *Alx Goron* – die letzte noch existierende Festung des untergegangenen Elbenreiches von Adally. Nach außen hin ist die Alx nicht sichtbar, da sie hinter den im Lauf der Jahrhunderte hinzugekommenen Trakten, Gebäuden und Mauern verschwindet. Selbst von den Bewohnern der Burg ahnen nur wenige, um wieviel älter als das restliche Bauwerk der Kern ihres Zuhauses ist; und nur ein einziger weiß um die Bedeutung dieses uralten Kerns: Graf ↑*Aendbur* selbst.

Die Geschehnisse in *Maskenball* beschränken sich auf den jüngsten Teil der Burg, der zu den äußeren Verteidigungsanlagen gehört. Dieser Teil ist auf der Karte „Burg Alkron, vorderer Bereich" abgebildet (vgl. Seite gegenüber). Bei den markierten Orten handelt es sich um

A – Haupttor	F – Küche
B – Dienstboteneingang	G – Festhalle
C – Eingang zur Festhalle	H – Burgweg
D – Wachraum im Torhaus	I – Eingang zum Gästehaus
E – Empfangshalle (Hauptgebäude)	J – Ställe

Für die SCs zugänglich sind nur der vordere Burghof, die Festhalle, das Gästehaus und eventuell (sofern sie sich z. B. als Küchenhelfer oder Lieferanten einschleichen) das Hauptgebäude. Wege, die tiefer in die Burg hineinführen, stehen ihnen nicht offen; alle Durchgänge dorthin bleiben während des Balls abgeschlossen und bewacht. Die inneren Befestigungen, die Gemächer der gräflichen Familie oder gar die *Alx* sind den SCs versperrt.

Das ↑*Duellrapier*, das Radbur in Szene 4 erbeutet hat, liegt im ↑*Gangsystem* versteckt, in der Nähe des Kellers unter dem Ostturm. Um es mithilfe von Esligars Rapier anzupeilen, muss ein SC den ganzen Bewegungsspielraum des vorderen Burgbereichs ausnutzen, d. h. von der Festhalle bis zum anderen Ende des Vorhofs (oder bis zum Haupthaus). Zugang zum Gangsystem bietet eine Geheimtür in der ↑*Kemenate* des Gästehauses.

Esligars Haus

Der (offizielle) Meistermagier von Alkron bewohnt ein geräumiges Stadthaus in der Nähe des östlichen Stadtrandes. Das Gebäude ist relativ neu und wurde auf Esligars Bedürfnisse hin errichtet. Dementsprechend verfügt es neben den üblichen Schlaf- und Wirtschaftsräumen über ein gut eingerichtetes Studierzimmer mit fest eingebauten Bücherregalen. Das Speisezimmer ist groß genug, um dem Gelehrten als Seminarraum zu dienen, wenn er gerade Schüler beherbergt. Hier finden auch die Besprechungen mit den SCs statt.

Die Kisten und Truhen im Studierzimmer enthalten Esligars Sammlung an ↑*Bannamuletten*, ↑*Spruchrollen* und ↑*Talismanen*. Auch das ↑*Duellrapier* wird für gewöhnlich hier aufbewahrt. Darüber hinaus birgt das Haus des Gelehrten keine besonderen Geheimnisse. Esligar ist ein ehrlicher Mensch, dem die Intrigen am Hof seines Vetters stets zuwider waren. Als Zauberer hielt er sich konsequent fern von dämonischen Mächten und Schwarzer Magie, privat hat er die Zeit seiner wilden Frauengeschichten lange hinter sich. Mit seiner Haushälterin Trude verbinden ihn Freundschaft und Vertrauen, aber keine Affäre. Esligars Leidenschaft gilt dieser Tage allein seinen Forschungen.

Erdgeschoss:

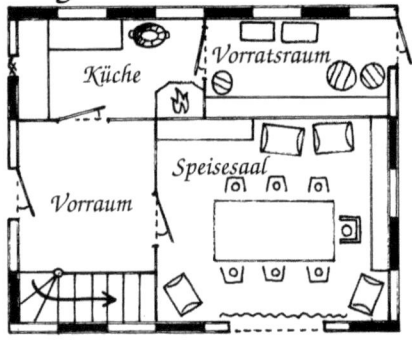

Obergeschoss:

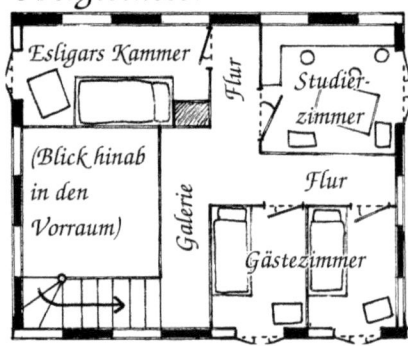

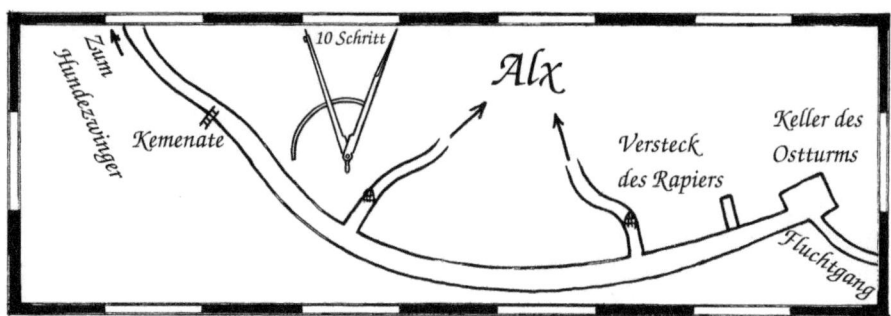

Gangsystem

Wie viele andere Burgen, so verfügt auch Burg Alkron über einen Fluchtgang; doch ist dieser eingebettet in ein wahres Labyrinth, das den ganzen Burghügel unterhöhlt.

Auch dies ist dem alten Kern der Burg geschuldet, der *Alx Goron*. Als die Grafschaft neu belehnt wurde und die neuen Herren für ihre Burg Kellerräume ausschachten ließen, stießen sie auf die Gewölbe der Alx. Zum Glück für die Grafen und ihre Leibeigenen, die dort arbeiteten, berührten sie dieses Gangsystem nur am Rande; anderenfalls wäre die halbe Grafschaft auf Nimmerwiedersehen darin verschwunden. So verloren die Grafen nur zwei oder drei Bauern an das magische Labyrinth, das die Höhlen der Elementarwesen von der Welt der Sterblichen abschirmt. Bis heute wird allgemein geglaubt, sie seien beim Graben in Felsspalten gestürzt und dabei umgekommen.

Wie die Gebäude der Burg Alkron die Alx umgeben, so winden sich auch die von den früheren Grafen angelegten Gänge rund um die unterirdischen Gewölbe der Alx. In *Maskenball* werden die SCs nur den äußersten Ring dieses Gangsystems betreten. Alle Wege, die von hier aus tiefer in die Burg hineinführen, sind durch Fallgitter gesichert und mit den Mitteln der SCs in diesem Szenario nicht zu öffnen.

Den Zugang zum Gangsystem stellt für die SCs die Geheimtür in der ↑*Kemenate* dar. Wenn sie sich von hier aus auf dem schnellsten Wege zum Versteck des Rapiers begeben, geht das Abenteuer seinen vorgesehenen Lauf. Folgen sie jedoch hinter der Geheimtür dem Gang in der anderen Richtung, dann gelangen sie an eine Gittertür, hinter der sich der Hundezwinger befindet. Sofern die SCs keinen Wert darauf legen, sich mit einem Dutzend aggressiver Jagdhunde anzulegen, sollten sie spätestens hier umkehren. Ansonsten haben die Hunde folgende Kampfwerte:

- HEROEN: St=2, Gw=3, Ad=3, Am=5; Handgemenge=2; Schaden=4, Grobh.=3

- MIDGARD: Gr 1, LP 7, AP 5, RK=TR, RW 60, HGW 50, B 30; Angriff: *Biss* +7 (1W6–1); Abwehr +11

Lassen sich die SCs auf einen Kampf ein, dann verursachen sie damit genug Lärm, um Alarm auszulösen. Sollten sie danach versuchen, den Zwinger durch die Vordertür (in die Burg hinein) zu verlassen, dann stehen dort schon ↑*Burgwachen* und ↑*Höflinge* bereit, um sie gefangen zu nehmen.

Kemenate

Die Kemenate des Gästehauses ist für gewöhnlich als Quartier für hochrangige Edeldamen vorgesehen, die als Übernachtungsgäste auf Burg Alkron weilen. Zum Zeitpunkt des *Maskenballs* ist sie nicht belegt: Das Bett ist gemacht, aber unbenutzt; die Kleidertruhen und Schränke sind leer.

Im Wandschrank befindet sich die Geheimtür, durch die die SCs ins ↑*Gang-system* gelangen. Allerdings ist sie normalerweise verriegelt; um sie zu entriegeln, muss ein bestimmter Stein im Kaminsims kräftig herabgedrückt werden. Danach lässt sich die Rückwand wie eine Tür aufschwingen (sie schwingt *nicht* von selbst auf!) und enthüllt den Einstieg in einen Schacht, in den eine steile, hölzerne Treppe hinabführt. Hat man die Geheimtür passiert, dann kann man den Riegel von der anderen Seite wieder vorschieben.

Wege zum Auffinden der Geheimtür und/oder des Mechanismus' werden in Szene 14 ausführlich beschrieben.

A – Kamin
B – Loser Stein (Mechanismus)
C – Wandschrank (Geheimtür)
D – Brennholzkasten
E – Himmelbett
F – Fensternische
G – Truhen
H – Tisch
I – Schemel

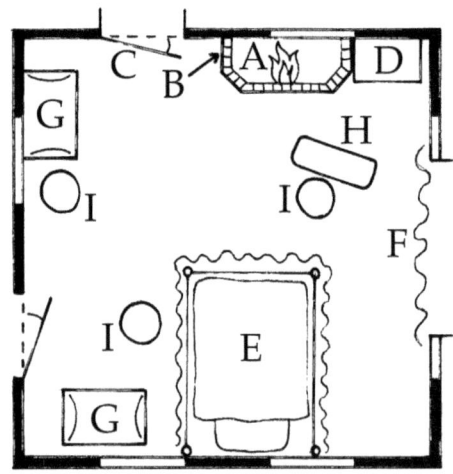

Stadt Alkron

Mit rund 1500 Einwohnern ist Alkron selbst für mittelalterliche Verhältnisse eine eher kleine Stadt; sie besitzt nicht einmal eine geschlossene Stadtmauer, sondern lediglich einige Wachhäuser und Brustwehren an strategischen Punkten. Jedem erfahrenen Fernreisenden dürfte sie als verschlafenes Nest erscheinen. Nur zwei Plätze sind belebt genug, um ihr ein einigermaßen „städtisches" Flair zu verleihen: Der Flusshafen und der Marktplatz.

Der Flusshafen war die Keimzelle der Stadt. Entlang des Flusslaufs der Filde markiert Alkron die obere Grenze, ab der das Gewässer das ganze Jahr schiffbar bleibt. Weiter flussaufwärts versperrt eine Furt den Weg, die nur im Frühlingshochwasser mit Booten passiert werden kann.

Dementsprechend stellt der Hafen für die Stadt und die ganze Grafschaft Alkron das Tor zur Außenwelt dar. Im Sommer herrscht auf den hölzernen Stegen ein reges Kommen und Gehen und der Trubel von Marktständen, Verkaufsbuden, Bettlern und Fahrenden. Dies ist der Ort, an dem in aller Regel Fremde zum ersten Mal mit Alkroner Bürgern in Berührung kommen.

Mit den Bauern aus dem Umland wiederum kommen die Bürger eher auf dem Marktplatz in Kontakt, der das Zentrum des Stadtgebiets darstellt. Hier bietet die Landbevölkerung der Grafschaft feil, was die Städter zum Leben brauchen. Insgesamt leben in der Grafschaft rund 10000 Bauern, die sich über einige Dutzend Dörfer verteilen. Ohne den regelmäßigen Kontakt auf dem Wochenmarkt wären sie voneinander weitgehend isoliert; das gesellschaftliche Herz, das die Grafschaft als Einheit zusammenhält, schlägt auf diesem Platz.

Abseits dieser beiden Örtlichkeiten stellt die Stadt Alkron ein Musterbeispiel dafür dar, wie man auch mit wenigen Häusern ein wahres Labyrinth von Gassen anlegen kann. Das zerklüftete Gelände unterhalb des Burghügels führt zu abenteuerlich geschlängelten Hauptstraßen und eigentümlich ineinander verschachtelten Häuserblocks. Steile Pfade, die gleich hinter einer Kreuzung eine volle Kehre vollführen, sind keine Seltenheit; Häuser, die halb auf dem Dach der Nachbargebäude hangabwärts ruhen, auch nicht.

Tagsüber herrscht hier das übliche Treiben einer Stadt: Handwerker in ihren offenen Werkstätten, Hausfrauen auf dem Weg zum Brunnen, spielende Kinder und ein gelegentliches Fuhrwerk. Nachts jedoch sind die Straßen von Alkron wie ausgestorben. Passiert man nicht gerade eine Schänke, dann herrscht völlige Dunkelheit und Stille. Die wenigen Leute, die nach Einbruch der Dunkelheit noch unterwegs sind, hasten im Fackelschein zu ihrem Ziel und vermeiden es, sich draußen lange aufzuhalten. Nur der alte Nachtwächter Torold dreht seine Runden, ruft die Zeit aus und achtet auf Brände und zwielichtige Gestalten.

(Übersichtsplan der Stadt: Siehe S. 78.)

Anhang C

Objekte

Bannamulette

Esligar hat in seinem Studierzimmer eine beachtliche Menge an Zauberwerken zusammengetragen, darunter verschiedene Bannamulette. Bei HEROEN handelt es sich um Zauberwerke von Marktzauberern, die ihren Träger nur einmal schützen; sie sind jedoch von guter Qualität und daher bis zu ihrer einen Nutzung unbegrenzt haltbar. Spielt ihr MIDGARD, dann handelt es sich um verbreitete Schutz- oder Bannamulette.

Wenn ein SC als Lohn für die Bergung des Rapiers aus der Burg Alkron ein solches Amulett bekommen möchte, dann darf er unter den Folgenden wählen:

Gegenstand	Wirkung (HEROEN)	Mächt.	Wirkung (MIDGARD)	ABW
Jadefrosch	SCHILD (Tiefe)	24	Bann gg. Geisterwesen	15
Steinhand	SCHILD (Form)	24	Schutz vor *Feuerkugel*	50
Kristall (klar)	SCHILD (Stille)	24	Schutz vor *Erscheinungen*	30
Kristall (rot)	GEFAHR	18	Bann gg. *Schattenkämpfer*	30
Holzgesicht	URTEIL	21	Bann gg. Luftelementare	50
Silberauge	WAHR	28	Schutz vor *Blendwerk*	30
Eisenhammer	WEICHE	27	Schutz vor *Lähmung*	40

Missbrauchen die SCs Esligars Vertrauen und Gastfreundschaft, dann können sie in Szene 7 im Studierzimmer *alle* der oben beschriebenen Amulette finden; allerdings lagern sie nicht gesammelt an einer Stelle, sondern über verschiedene Behältnisse (Schatullen, Schubladen etc.) im Studierzimmer verteilt.

Duellrapier

Der Stein des Anstoßes für die Ereignisse in *Maskenball* ist eines der „kleinen"
Artefakte von Adally: Zwar bietet das Duellrapier nicht die nötige Macht, um
eine Überzahl gewöhnlich bewaffneter Gegner zu besiegen; wohl aber liegt das
Schutzsiegel darauf, das allen Adallian-Artefakten gemeinsam ist, sodass es im
Verwunschenen Land seinen Träger vor der Magie der Mächtigen bewahrt.

Im Reich Adally handelte es sich um die Nahkampfwaffe, mit der niedri-
ge Offiziere ausgestattet wurden. Als magische Waffe ermöglicht sie es ihrem
Träger, auch Geisterwesen und Untote zu verletzen. Zudem gewährt sie ihm
die folgenden Boni:

– HEROEN: Schaden$=8^{\times}$, Deckg.$=2$

– MIDGARD: *Rapier** $+2/+2$

Eine weitere magische Wirkung besteht in einem Zauber, der den Offizieren
beim Einhalten der Schlachtordnung helfen sollte, auch wenn sie sich weit über
das Gelände verstreut hatten: Der „Sog", über den Esligar die Anwesenheit
eines zweiten Rapiers in Alkron spürte.

Mithilfe dieses Sogs kann der Träger eines solchen Rapiers ein anderes **anpeilen**. Das Gefühl zieht stets in die Richtung, in der sich das andere Rapier
gerade befindet. Diese Peilung wirkt auch über Entfernungen von mehreren
Meilen hinweg, ist allerdings nicht besonders präzise: Der Träger des Rapiers
spürt die Richtung nur mit einer Genauigkeit von etwa 20°.

Um das von Radbur gestohlene Rapier zuverlässig unter dem Ostturm der
Burg zu orten, ist es daher notwendig, es aus mehreren Richtungen anzupeilen. Diese Richtungen müssen sich weit auseinandergezogen über den ganzen
vorderen Burgbereich verteilen, von der Festhalle bis zum anderen Ende des
Hofes. Schaffen es die SCs nicht, diese Breite auszuschöpfen, dann erhalten sie
lediglich die vage Information: „Im östlichen Teil der Burg, irgendwo im Keller." (Als SL kannst du die Jagd nach dieser Information so gestalten, dass den
SCs allmählich bewusst wird: Je mehr Peilungen von unterschiedlichen Orten
sie zusammentragen, desto genauer können sie Radburs Rapier ausmachen.)

Noch ein weiterer, mächtiger Zauber liegt auf diesem Rapier, dessen Anwendung den SCs allerdings im Rahmen dieses Szenarios verschlossen bleibt.
Selbst Esligar mit seinem ganzen Wissen und seiner gut ausgestatteten Zauber-
werkstatt konnte seine Wirkungsweise bislang nur grob eingrenzen; von einer
genauen Bestimmung des Zaubers oder gar einem Weg, ihn auszulösen, ist der
Gelehrte noch weit entfernt. Die Magie des Rapiers vollständig zu enträtseln,
kann den SCs nur im Verwunschenen Land gelingen: Anhand alter Schriften
aus dem Reich Adally oder vielleicht der bisherigen Erkenntnisse von wohlge-
sonnenen Mächtigen.

Spruchrollen

Spielt ihr nach MIDGARD, dann befinden sich unter den Bücher und Schriftrollen in Esligars Studierzimmer auch verschiedene magische Spruchrollen. Einige hat Esligar nicht verbraucht, weil er die entsprechenden Zauber bereits beherrscht; an andere hat er sich noch nicht herangewagt oder er hatte schlicht noch nicht die Zeit, sich mit ihnen zu befassen.

Wünscht einer der SCs als Lohn für die Queste auf Burg Alkron eine Spruchrolle, dann darf er unter den folgenden Zaubern wählen:

◇ *Bannen von Zauberwerk*
◇ *Bannkreis*
◇ *Funkenregen*
◇ *Verlangsamen*
◇ *Wände*
◇ *Wasseratmen*

Falls die SCs in Szene 7 Esligars Vertrauen missbrauchen und in sein Studierzimmer einbrechen, können sie dort außerdem die folgenden Spruchrollen finden:

◇ *Auflösung*
◇ *Nebel*
◇ *Vergrößern*
◇ *Versetzen*
◇ *Zauberauge*
◇ *Zweite Haut*

Um die Spruchrollen dort zu finden, müssen die SCs allerdings die gesamte Sammlung an Schriftrollen durchgehen; sie sind nicht besonders gekennzeichnet und liegen als gewöhnliche Schriftstücke im Bücherregal.

Talismane

Wenn ihr nach HEROEN spielt, sind die Bücher und Schriftrollen in Esligars Studierzimmer allesamt unmagisch; dafür aber sind einige der Gegenstände, die wie Dekoration überall im Raum verstreut stehen, Talismane, denen Zauberkräfte innewohnen.

Einem SC, der als Lohn einen solchen Talisman wünscht, erhält mit dem jeweiligen Gegenstand zusammen Esligars Erläuterung, was er bereits über den innewohnenden Zauber herausgefunden hat. Mithilfe dieser Erläuterung kann der belohnte Charakter diesen Zauber nach dem *Maskenball*-Szenario zum regulären EP-Preis erwerben. Esligar bietet ihm die Wahl zwischen folgenden Gegenständen:

- ◇ Hölzerne Rassel (BEBE)
- ◇ Lederhandschuh (DING, 2. GRAD)
- ◇ Fingerring aus Eisen (GEFEIT)
- ◇ Kupfernes Medaillon (SCHILD der Schwere)
- ◇ Getrocknete Blume (SORGLOS)
- ◇ Holzstab mit Rankenmuster, ca. 30cm (SPERRE)

Missbrauchen die SCs in Szene 7 Esligars Vertrauen und stöbern in seinem Studierzimmer, dann können sie dort zudem folgende Talismane finden:

- ◇ Hasenpfote (EILE)
- ◇ Handspiegel (FERNE))
- ◇ Stab aus Bernstein, ca. 20cm (HOHL)
- ◇ Milchiger Kristall (NEBEL)
- ◇ Holzbecher mit Runen (STELLEN)
- ◇ Getrockneter Käfer (TAUSCH)

Die Talismane für seine eigenen Zauber trägt Esligar stets bei sich und bewahrt sie nachts in seinem Schlafzimmer auf. (BOE: Adlerfeder; GEFAHR: Kristall an einer Halskette; URTEIL: Siegelstempel.)

Das Spiel hat dich überzeugt?
Wie wär's mit einem Roman vom selben Autor?

Markus Gerwinski
Das Lied der Sirenen

Ein Fantasy-Krimi über Mord,
Zauberei und die Irrungen der Liebe.

Seit sich auf der Insel Valstrom die Sirenen niedergelassen haben, ist die Fahrt durch die Meerenge ein Wagnis auf Leben und Tod. Die ruhelosen Seelen der Ertrunkenen suchen die Küste heim.

Gequält von der Erinnerung an eine verlorene Liebe, lässt sich der junge Magier Jeral Nerigon auf die gefahrvolle Mission ein, die Sirenen zu studieren und ein Mittel gegen ihr Lied zu finden. Als er sich in einem Dorf an der Küste einquartiert, wird er schon bald in Kämpfe mit Untoten, Kobolden und Gespenstern verwickelt. Auch unter den Dorfbewohnern scheint er sich Feinde zu machen.

Sein gefährlichster Gegner aber verfolgt ihn aus den Tiefen seines eigenen Herzens heraus ...

Mehr Informationen zum Buch sowie Links zu Rezensionen findest du auf Markus Gerwinskis Homepage:

www.markus.gerwinski.de

Wie weit bist du bereit, für deine Liebe zu gehen?

Im Schatten eines heraufziehenden Krieges wachsen die leibeigene Bauerstochter Gunid und Ragald, der Sohn ihres Lehnsherrn, als beste Freunde auf. Mit dem Erwachsenwerden schiebt sich die Standesgrenze zwischen sie. Doch als Ragald im Kampf gegen die plündernden Horden der Jattar vermisst wird, folgt Gunid seiner Spur.

Bald finden sie sich in eine Geschichte um Verrat und finstere Mächte verstrickt, die den Bestand des ganzen Königreichs bedroht. Zwischen Grauen, Gewalt und Tod auf der einen und atemberaubenden Wundern auf der anderen Seite erleben sie die phantastischste Reise ihres Lebens.

Die Falkenflug-Trilogie: Markus Gerwinskis große Fantasy-Saga voller Abenteuer, Magie und Romantik.

Mehr Informationen, Leseproben und Links zu Rezensionen findest du auf Markus Gerwinskis Homepage:

`www.markus.gerwinski.de`

DAS VERWUNSCHENE LAND
wurde euch präsentiert von:

Markus Gerwinski
www.markus.gerwinski.de

Antiquariat Barth
www.die-hesepak.de

Informationen über die Regelwerke zu diesem Szenario findest du hier:

heroen.gerwinski.de

midgard-online.de